日思夜读 · 生活卷

我不要
一眼看得到头的生活

人民日报新媒体中心 主编

人民日报出版社

图书在版编目 (CIP) 数据

日思夜读.生活卷：我不要一眼看得到头的生活 / 人民日报社新媒体中心主编.—北京：人民日报出版社，2017.12
ISBN 978-7-5115-5128-3

Ⅰ.①日… Ⅱ.①人… Ⅲ.①散文集—中国—当代 Ⅳ.①I267

中国版本图书馆 CIP 数据核字 (2017) 第 295331 号

书　　名：	日思夜读.生活卷：我不要一眼看得到头的生活
作　　者：	人民日报社新媒体中心
出 版 人：	董　伟
责任编辑：	谢广灼
装帧设计：	宁亚茹
出版发行：	人民日报出版社
社　　址：	北京金台西路 2 号
邮政编码：	100733
发行热线：	（010）65369509　65369527　65369846　65363528
邮购热线：	（010）65369530　65363527
编辑热线：	（010）65369533
网　　址：	www.peopledailypress.com
经　　销：	新华书店
印　　刷：	北京中科印刷有限公司
开　　本：	880×1230mm　　1/32
字　　数：	136 千字
印　　张：	8.25
印　　次：	2018 年 1 月第 1 版　　2018 年 1 月第 1 次印刷
书　　号：	ISBN 978-7-5115-5128-3
定　　价：	42.00 元

目录

是一个人的眼睛，而不是他眼前的景色，
决定他生活的色彩。

010 每天静心做一件事，就是高品质生活 / 艾小羊

015 低配人生，也可以高贵地活 / 摆渡人

020 我不要一眼就看得到头的生活 / 陈子淏

025 生活的高手，从来不会让情绪控制自己 / 李尚龙

030 每个人都在用力活着，用自己的方式 / 卢思浩

036 活法，决定你的位置 / 马德

038 每个人都应该有自己的一套生活智慧 / 沐沐

043 每晚临睡前，问问自己和早上有什么不同 / 苏心

047 我们拿什么对抗平淡的生活 / 孙晴悦

052 让日常，不寻常 / 陶妍妍

058 学会享受平凡的幸福 / 王珏

061 每一种活法都有属于自己的幸福 / 余君才

064 做一个冷清的人，过一个热闹的人生 / 袁小球

070 闭门只为书卷香 / 李丹崖

B

生活才不是，生命荒唐的编号，
生活的意义，在于生活本身。

077　什么样的生活，才是真正的富足 / 艾小羊

082　最好的时光刚刚开始 / 何亚娟

087　你是什么样子，你所看到的世界就是什么样子 / 卡西姑娘

092　能够掌控人生的人，从不活在 PS 里 / 李爱玲

098　总有一天，你会不再担忧的 / 卢思浩

104　对自己有要求的人，运气都不会太差 / 米格格

110　给差生一点时间，让他变成你喜欢的样子 / 苏心

114　苦，没什么可炫耀的 / 余点

119　你一定得了怕麻烦这种病 / 王大纯

123　当下没过好，未来又怎么会好？/ 依娜

127　房子也许是租来的，但生活不是 / 周宏翔

136　清晨是最好的增值时光 / 萧萧依凡

141　什么才是真正有趣的生活 / 萧萧依凡

目录

C

152　你若笃定，社会便不浮躁 / 时圣宇

155　你是什么样的人，就会遇见什么样的人 / 米格格

159　看看你那张熬完夜的脸 / 焦志杰

165　人生没有梦想，年轻也是苍老 / 喇嘛哥

169　你还这么年轻，不必活得好像历经沧桑 / 蓝柚柠

174　如果想做一件事，先别忙着发朋友圈 / 末末小七

178　低调才是真正的智慧 / 马德

180　你有一张明天的脸 / 沐沐

185　人生不妨大胆一点，反正只有一次 / 三月弯钩

189　你还有梦想没实现？太好了！ / 尚军

194　年轻人，别总把别人的梦想当成自己的 / 苏小扬

199　梦想的可能性，让生活变得更有趣 / 韦娜

203　来一场"够本儿"的青春 / 魏薇

206　纵然青春留不住 / 夏苏末

210　年轻人，没事不要老躺着 / 伊心

215　人年轻时，多读一些好书到底有多重要？ / 喵姐

D

我既不生活在过去，也不生活在未来，
我只有现在，它才是我感兴趣的。
如果你能永远停留在现在，
那你将是最幸福的人。

225　不是生活难过，而是你难过 / 陆小墨

230　生活的坑都是自己挖的 / 马德

233　你风声鹤唳，生活就四面楚歌 / 马德

236　人生是一场抵达 / 马德

239　现在的你是自己曾喜欢的样子吗？ / 沈善书

243　太强很累，其实不强更累 / 孙晴悦

248　你愿不愿意从头再来？ / 孙晴悦

253　你真正想做的事，只要开始了就不会晚 / 小木头

258　读书能让人富裕，但不一定能变得有钱 / 李尚龙

生活之所以
变得意味深长、充满期待，
是因为我们永远不知道明天会发生什么。

让人生变美好的,

不是一生一次的惊喜,

而是平常日子里一粥一饭的感动。

是一个人感受的丰富性
而不是发生在他生活中的
事件的密度,
决定他生活的质地,
是一个人的眼睛、
而不是他眼前的景色,
决定他生活的色彩。

《送你一颗子弹》

每天静心做一件事，
就是高品质生活

文·艾小羊

1

木木有段时间没来咖啡馆了，我有点想他。他是咖啡馆里最受欢迎的客人之一，无论是约朋友聊天还是约人谈事，都随身带着纸笔，哪怕只有十分钟的空闲，也拿出笔来写写字。他写字的时候，全神贯注，谁从身边走过他都不管。

当很多人羡慕木木能静下心来时，他说过一句话，让我印象特别深："只有静下心来的时候，生活才美好啊。"

2

去年底，我接手了一个新项目，每天都在忙乱与焦虑中度过，于是特别怀念过去张弛有度的生活。跟许多人聊起来，大家都有同感，忙、混乱、焦虑、迷惘，一个目标达成了，还有下一个目标，好像身处一片山峦之中，翻过去还是山。不知什么时候才能从忙生活，到过生活，甚至享受生活。即使偶尔度个假，也是靠前后几天的加班熬夜换来的。

我跟木木说："以前那种高品质的生活可能三五年都回不去了，必须等这个项目走上正轨，感觉整个人生就是'U'形的谷底。"

"以前的生活，你最享受它什么？"

"闲散，有自己的时间。"

木木当时没说什么，晚上发给我一条微信，说他想了一下，觉得我说的"闲散""有自己的时间"，就是静下心来慢慢做一件事，其实现在也可以。

那时我正下了地铁，在路边等出租车，闪念之间，决定一个人慢慢走回家。

平日经常光顾的水果店还没有打烊，蜡梅正在开花，夜晚格外清香。我用眼睛看，用耳朵听，用鼻子闻，专注于我感觉到的一切，努力地什么都不想。这一天，与平日似乎没有两样，我却觉得不像以前那么累。

当你拥有了这件奢侈品，同样会想，我要状态好一点才能配得上它。

第二天，更忙。做晚饭时，我心里突然有一个声音说，静下心来做一次饭。我静心切一段黄瓜，安心切一些肉丝，不想晚饭后还有多少事要做。静心做一顿饭是享受，急急忙忙做一顿饭是任务，虽然多用了一些时间，但晚饭之后心情大好，工作效率也提高了。

什么是忙？不是你做了多少事，而是你一直在不停做事的状态里，一件事赶着一件事，做上一件事的时候想着下一件事，这样的感觉，当然就是身处群山，不知道哪里才是路。同一件事，用什么心态去做，决定了它的本质。

3

经常听到有人对闲散的人说，你的生活品质真高。

日子过得闲散，原本应该品质不错。难的是，如果生活很忙，如何坚持过一种幸福指数较高的生活？

从每天静心做一件事开始。静心是某一个领域的放空，是另外一个领域的收纳。放空那些让你焦虑的事情，收纳使你平静、让你开心的事。

与一位朋友分享这段心路，她特别有同感。她是我眼中的完美职业女性，刚生了第二个孩子，家庭事业一起抓，冻龄，戏称自己忙得根本没时间变老。每天晚上，她坚持在家人休息之后，画半个小时画，一幅小小的油画大约花一个月时间画完。她不急不躁，慢慢调色、端详，有时候准备工作就花去一半时间。"这时候，觉得生活真美好啊，心里莫名其妙就有了做自己的底气。"

4

网上有一个问答，说女孩为什么爱奢侈品包包。因为有了包包，首先你会好好洗漱，否则觉得配不上这么好的包；出门的时候，你会认真搭配自己的衣服，否则又配不上这么好的包。工作的时候，你会更加努力，因为你是背奢侈品包包的职场丽人啊……

这套理论，又好用，又实用，可以引申到一切你觉得奢侈的事情上。对于又忙又汦的人来说，每天静心做一件事，是比包包更高级的奢侈品。当你拥有了这件奢侈品，同样会想，我要状态好一点才能配得上它。

就像我那个画画儿的朋友，她说自己极少发脾气，每次想跟家人、员工发脾气的时候，她都忍不住想，你是一个画油画的女人啊，你那么美丽、那么优雅，如果情绪失控，怎么对得起那幅没有完成的画！

每天静下心来做一件事，就是我们的诗与远方。这样的时光，像墨鱼子、黑松露、木鱼花，精心撒在糙米饭与手擀面上，让近于无趣、看不到光芒的日子，值得充满力量地去追逐。

如果暂时无法做到闲适地生活，就尝试每天静下心来做一件小事。这件小事会让你觉得不那么忙碌，也不再迷茫。生活终究是可控的，终究有一些时刻可以完完全全按照你自己的意愿去完成，就仿佛时间可以浪费，仿佛从来不被打扰。

低配人生，
也可以高贵地活

文·摆渡人

我读大学时，最崇拜的就是哲学系的胡教授。他高高瘦瘦的，颇有几分仙风道骨的味道，每次他的课总是爆满，因为他是一位非常有思想的老先生。那时候我刚好在做宣传方面的学生工作，对胡教授的那次专访让我印象深刻。

我们走进他的办公室的时候，他正戴着眼镜看书。他的办公室简单但不简陋，东西少但不会让人有空旷的感觉，反而觉得更踏实。办公室内所有的桌子跟椅子都是木制的，电脑放在门口一张桌子上，大概是助教的位子。胡教授桌上堆了很高的一摞书，书架上也满满的都是书。我们注意到老教授靠近办公桌的墙壁上挂着一幅书法作品，写的是刘禹锡的《陋室铭》："山不在高，有仙则名；水不在深，有龙则灵。斯是陋室，惟吾德馨……"

采访中我印象最深的是问到老教授理想生活的时候，他提出

> 比起外部世界的追求,低配主义者更加重视内在的修养,重视精神的成长,重视灵魂的丰富。

了一个"低配人生",那是我第一次接触到这个词。所谓低配人生,大概也就是老教授现在的样子了吧!不追求生活配置高档化,而注重精神配置高贵化。

他说年轻时候也曾经是个疯小子。那个年代国内摇滚音乐还没开始大范围地流行起来,他跟几个同学就组了个小乐队,凭着家世背景搞来国外摇滚的录音带,然后在同学中间传着听。教授说他倒挺怀念那段日子的,那时候觉得能天天玩摇滚大概就是理想生活了。

随着年岁的增长以及家庭的变化,越来越觉得多读书才会活得更踏实,于是放弃了那种激情燃烧的摇滚,开始潜心研究学问。胡教授说,学问研究得越深,越觉得真正的人生当在于精神的丰满。所以,他现在觉得理想生活应该是精神高贵的生活,应该是一种低配人生。

胡教授说,他对现在的年轻人追求时尚追求高品质精致生活这种现象并不排斥,因为他也是从那样的年轻人走过来的。到了某个年纪自然就会顿悟,身外之物根本没那么重要,低配人生才是最踏实、最稳定的。

几年前工作认识的一个朋友萧萧,是个大美女,因为年纪相仿，也就比较有共同话题，一来二去就比较熟了，工作结束后也会约着一起吃饭逛街。

接触久了就发现萧萧是个有些虚荣的女孩儿，吃饭总要点比我贵的牛排，买衣服也买些名牌，香水、化妆品都要叫得出名字的名牌。她也刚参加工作没几年，工资也没有多高，加上房租每到月底总要捉襟见肘，她是个不折不扣的"月光族"。

我曾经跟萧萧聊过这个问题，她倒挺有自己的一套理论，什么"人生得意须尽欢"啊，"年轻就是资本"啊，但也让我一时语塞，无言以对。她说年轻不就该挥霍吗？等到需要考虑钱的时候，她自然会回归本分做个平凡人。现在不买衣服等到了有钱的时候就没姿色穿了，现在不买点名牌，怎么吸引白马王子来追！

我被她说得一愣一愣的，甚至某个瞬间我竟抽风似的觉得她说的还蛮有道理。她算是个不折不扣的高配主义者了，有些得意尽欢的洒脱和落在当下的狂傲。吃穿用要挑最好的，过一种所谓的精致生活，但是居安不思危只顾当下不做长远打算的行为，我也不敢苟同。或许真正到了某一天，她会后悔现在的大手大脚，开始后悔没有多读一点书，多丰富一下自己的精神世界。那个时候，她大概就能真正明白低配人生的意义了。

如果你见惯了灯红酒绿声色犬马，却依然觉得空虚无聊迷茫无助，那你该思考一下你的现状，想想你决心努力的初衷。空虚是因为外物的高配使得内心迷茫不前，过分执迷于生活中的浮华而疏于对自己内心的充实。而很多时候我们忽略的，恰恰是最重要的东西。

低配人生，并不是倡导我们要衣衫褴褛吃糠咽菜。它是一种理念，比起外部世界的追求，低配主义者更加重视内在的修养，重视精神的成长，重视灵魂的丰富。

古往今来，伟大的人大都不拘泥于当下欢乐，他们或有雄心壮志一往无前，或将世事看透潜心修炼，无论是哪一种，都不被外物所拘束，从而在低配人生中享受着广阔的自由。

《增广贤文》中有言："良田千顷，不过一日三餐。广厦万间，只睡卧榻三尺。"我们辛苦打拼，用双手开辟自己的新天地，却很容易在奋斗的过程中迷失自己，梦想的初衷往往在时光的打磨中变成欲望。

这时候，我们应当意识到，真正的高贵在于精神，在于灵魂，并非财大气粗就是王者，并非良田千顷广厦万间就是赢家。我所敬佩的，是有着丰富的精神世界的人。

那些人可能只有一张简单的书桌，一把简单的椅子，穿着简单的T恤，却因为精神的丰满而变成夜空中最明亮的星，让世人为他们内敛的人格魅力所折服。

低配人生是一种放下。放下焦躁的心，放下繁华的景，放下不必要的浪费不必要的支出，够用就好是一种态度。同时，低配也让我们有更多的空间时间去充实自己的内心世界，也给了理想更多的翱翔空间。人的精力是有限的，分配精力是一门学问，外物投入过多便意味着对内心投入过少，这样的人生是不完整的。没有人天生高贵，也没有人天生低贱，事在人为是不变的真理，生活始终掌握在自己手中。

低配人生是对生活应有的态度。降低一点物质要求，丰富一下精神世界。少买一件化妆品，多读一本书；少买一件不必要的衣服，多听一场讲座……如此，低配人生，我们同样可以高贵地活。

我不要一眼
就看得到头的生活

文 · 陈子淏

外公 83 岁了，身体大不如从前。每晚睡觉前，他都会自顾自地念叨"到了我这把年纪，活一天算一天，睡下去都不知道第二天还能不能醒来。"有时看到苍老的外公坐在院子里晒太阳，我心底都会有种莫名的心酸和害怕。我害怕自己像他一样，每一天的生活都是重复昨天，循规蹈矩，了无生趣，活了 83 年却感觉只是把同一天重复了 3 万次。

外公的一生没有知己，没有老友。他坐在院子里，看小鸡啄食，看远方老屋，却从来没有因为任何的回忆而伤感落泪。我没看到过外公翻看照片或者旧物，也从没听他提到过年轻时候的故事。

我害怕我成年后的日子也是这样日复一日地重复着单调无聊的生活，我害怕当我老去的时候却没有丝毫可以回忆的往事。回忆这东西，新三年，旧三年，缝缝补补又三年。人这一生有时不就是靠对未来的想象和过去的回忆维持生命吗?当你老了,走不动了,炉火旁打盹,却没有青春可以回忆,那该是一件多么恐怖的事情。

我害怕颠沛流离的日子,我害怕艰难困苦的岁月,但与之相比,我更害怕那种一眼就看得到头的生活!

我在一个小镇上长大。小镇有一横一竖两条街,我家正好在两条街的交会点。王叔叔永远是镇上第一个起来的,我在无数个失眠的夜晚看到他骑着摩托车去屠宰场杀猪。张婆婆会在六点出门,到近处的田野给兔子割草。七点,小镇开始复苏。王寡妇依旧摆着一副丧气的脸送儿子上学。张阿姨每早都会和她隔壁做同行生意的李阿姨吵一架。

我隔壁阿姨家有个比我大五岁的女儿。和所有青春的少女一样,姐姐会偷偷攒钱买明星的海报,说以后也要嫁一个这样的男人;她对着地理书后面的地图册说,以后想去哪个城市生活。姐姐跟我说过,她不希望自己以后成为她妈妈那样,每天系着一个沾满油污的围裙在小镇走来走去,没有任何兴趣爱好,除了打麻将就喜欢打听别人私事,搬弄是非。

姐姐高考没有考上大学,去了深圳。后来听说,她回到镇上

> 生活不一定要像大海一样惊涛骇浪、波澜壮阔,
> 但也不该变成一潭死水、纹丝不动。

开了一家理发店,再后来听说她嫁给了斜对面开锁的哥哥,生了个儿子。去年我看到她,抱着孩子坐在理发店门口。她一边和一群人聊天,一边扯开衣服旁若无人地给孩子喂奶。

面对这群曾经比我大不了几岁的同龄人,我恍惚回到了十年前。还是这样的午后,还是类似的场景,还是同样的话题。只是当年坐在这里的,是她们的母亲。十年后,她们成了她们母亲的模样,继承了当初她们的生活方式。

或许是不够成熟,但更多的是不够勇敢。没有清醒地意识到什么才是自己想要的生活,唯有按照大多数人的生活套路亦步亦趋,以求早日走上生活的正轨。"年轻的时候我有过很多闪闪发亮的日子,在节日的晚上,我和朋友们一起在沙发上放声大笑。"小的时候,我们都希望自己能够看到不同的风景,认识不同的人,体验不同的生活。而在行走的过程中,有多少人会中途改道?有多少人会被迫掉头?又有多少人能够挨过孤独和荒凉,成为自己人生的导航?

生活之所以变得意味深长、充满期待,是因为我们永远不知道明天会发生什么。生活不一定要像大海一样惊涛骇浪、波澜壮阔,但也不该变成一潭死水、纹丝不动。它至少应该是一条奔涌

向前的小河，它可以不宽阔，但却在流动。虽然只是一条普通的小河，但却不断亲吻着两岸，变换着四季。

我刚读大学那会儿，也曾想过毕业后回到家乡县城电视台做个记者，但一次实习彻底打消了我的这种念头。

去年寒假，我去了一个小县城的电视台实习。媒体单位给人的感觉应该是一种匆匆忙忙、欣欣向荣的景象，但在那里我看到的更多是不紧不慢、无所事事。没人想着加薪升职，没人想着精益求精，永远都是把自己的工作应付完就算万事大吉。反正只要不出大的差错，到了月底还是一样可以拿到固定的工资。这样熬上十几年，资历够了自然会升职。

我第一天实习的时候，提前半个小时到了电视台。但在开始正常上班半小时后才有记者不慌不忙地赶来，然后不紧不慢地聊聊天，泡上奶茶，打开电脑，估摸着十点的样子才开始工作。下班时间也是习惯性提前。台里负责播新闻的男主播总是摆着一副无聊至极、心如死灰的表情，坐着玩一上午手机，中午下班吃饭，下午给当天的新闻配音，然后下班回家。我看着他总是望着刷不出新内容的手机页面发呆；在播音室和制作室无聊地走来走去；有时也会摊开一张多年前的报纸，目光却没有丝毫游离。

我突然意识到，比未来更可怕的是预知。那种立马就可以预见到自己十年、二十年后的生活所带来的不安让我担惊害怕。我害怕自己不经意间就放弃了自己想要的生活，然后等到中年，追悔莫及，感伤青春！我害怕自己在不知不觉间安于现状，故步自封，然后在某个深夜突然惊醒，恍若隔世，只能对着空气无力地骂一句后倒头睡去，明天醒来继续重复单调无聊的生活。日复一日，年复一年。

其实，没有人喜欢一成不变，只是因为有些人乐于享受眼前的安逸，而向生活妥协。可眼前的安逸就像慢性毒药，会一点点地杀死你的青春和梦想，让你日渐平庸，趋于平庸，到最后只能自甘平庸，继续平庸。多年后，你在一张泛黄的报纸间抬起头，看着小时候的照片，只能无奈感叹，黄粱一梦二十年。

所以，我不愿让自己的生活一眼就看得到尽头。我们为之努力，不是为了飞黄腾达，睥睨群雄，而是努力让自己的生活多一种可能，给自己的未来多一分惊喜。

岁月慵懒漫长，别让未来枯燥无聊。

一辈子那么长，所以我们要做一个有趣的人。

生活的高手，
从来不会让情绪控制自己

文·李尚龙

小白是我们团队主持人，姑娘什么都很好，就是死轴。经常对着录音设备，为一句读不清楚的话不吃不喝，有时候差点把录音设备砸了。结果呢？越读越差，越努力，越失意；越失意，越悲观；越悲观，越觉得自己什么都不是。

大学那年，她参加同学生日宴会，所有朋友在楼下等她一起去一家特别棒的餐厅吃饭，那餐厅很难预订，过时间就要再等很久。几个姑娘在楼下跟她打电话让她快点，可她偏偏一句话就是读不清楚，她死轴，一句话读了快二十遍。半小时过去了，楼下姑娘牢骚满腹地冲了上去，结果看到她对着录音机大发雷霆。要不是姑娘们及时赶上去，录音机肯定是被砸了的。

那天，朋友生日也没去那家很棒的餐厅，几个人在一家小餐馆吃的饭。那顿饭对小白来说极其漫长，因为所有人都在指责她浪费时间，耽误了一个美好的晚上。而她不停地抱歉。

那天回到宿舍，她坐在录音设备旁边，忽然发现，这句话读得通顺了很多。她忽然开始后悔，要是自己没有被情绪左右就好了，那样她不仅能吃上好吃的，也不会得罪朋友。

后来，她在工作中学会了深呼吸，当死轴过不去的时候，就赶紧换个思路再回来，效率果然就高了很多。

人是一个很特殊的动物，因为有喜怒哀乐而变得和其他动物不同。不幸的是，人却总是会被情绪左右，有时候兴头来了，什么都可以不管；有时候"嗨"了，管你明天上不上班，今天咱们喝尽兴。可是之后呢？第二天一定头疼，头疼后就上不了班了，然后被老板骂，甚至丢了工作。

这种生活状态很让人向往，尤其是对我们这种江湖人士，随性一点，自由一点，日子确实能舒心愉快很多。可如果是团队合作，涉及工作事业，这种总被情绪左右的人，到底总是会吃亏，或者把队友坑了。

换句话说，如果只是一个人，随心随性让人喜欢，可是如果是一个团队合作，情绪这东西，能少一定要少。

曾经有一个导演跟我说，他的一个女性朋友负责他路演的一站,那是他们第一次合作,本来以为这姑娘很靠谱,人也很不错。不过整个团队到了影院,才发现没人接待,展板也没做好。最重要的是,整个电影院零零散散地就坐了几个人,宣传几乎没有。

那场活动办得一塌糊涂,导演回到北京,才知道那个姑娘非常情绪化,这两天正在和男朋友吵架,一气之下把手机关了,谁也不想找,自然工作也没有做。的确,这一关机,自己爽了,把整个剧组给晾在那里了。这个导演后来再也没和这个姑娘合作过,甚至也很少联系。他说,她实在是太情绪化了。

的确,当你遇到一个超级情绪化,整天被情绪影响的队友,将会是一件非常麻烦的事情。

我曾经有一个朋友,去一家五百强公司面试,人家决定要他后,他问了别人一个问题,当没有得到满意答复后,他转身就走了,没有签。

我问他问的啥问题,他说:"我问他们老板结婚没。他们说没。我的天,四十岁还没结婚,很可能是个工作狂,我可受不了半夜三更给我打个电话叫我起来加班的生活状态;而且,一个家庭生活不和睦的老板,情绪会非常不稳定,上午笑嘻嘻下午就开始骂人,这样你让我怎么和他一起工作?"

事实证明，是真的。那个老板是出了名的坏脾气，经常半夜三更因为PPT上的一个标点符号让员工起来改，员工几乎都被折磨到半死。

其实假如他能控制住情绪，改一个PPT这种事情根本不用那么着急，明显可以第二天去做，何必非要大半夜把人叫起来折磨？可见有一个情绪稳定的老板是多么重要。尤其是领导，当遇到一件大事，底下的人乱成一锅粥，领导跟着一起乱，团队不散才怪。

其实生活也是，这些年，我特别佩服我父亲的一点，就是他从来不把工作的事情放到家里。我在生活里从没听过他抱怨工作的种种，虽然等我长大后才知道他的工作也有过不顺。大多情况，他回到家就丢掉了工作上所有不顺心的事情了，偶尔我能看到他挤出的微笑，在他心里，工作的烦恼不能带到家里。

这点很伟大，因为我知道的就有很多孩子因为父亲看了场球就挨了一顿打，因为母亲输了一场麻将就没饭吃，比比皆是。孩子时常莫名其妙，总觉得好像是自己做错了。其实，不过是大人的情绪在找碴儿，他们被情绪左右，最终把一件事变成另一件事，负能量放大，受害者变多，最后得不偿失。何必呢？

这些年，我愈发觉得稳定的情绪在生活中是多么重要。遇到事情，深吸一口气，不发怒不抱怨，想解决方案。解决完叹息，没解决也不要爆发，毕竟爆发只能造成更多受害者，越亲的人，伤得越重。

不以物喜、不以己悲的状态是让人敬佩的。

生活的高手，从来不会让情绪控制自己，然后做出后悔的举动，他们能控制情绪，变成生活的主宰者。这些人，是生活的强者。愿我们都能活成这样。

每个人都在用力活着，
用自己的方式

文 · 卢思浩

1

我有一个很传奇的室友，他基本不翘课，还能一周打三份工。传奇的地方在于，其中的一份工作会占据他大量的时间，他从下午4点出门工作，可以一直工作到第二天凌晨4点回来，有时候甚至可以工作15个小时。

在其他空余的时间里，他也会去餐厅打工，我一度怀疑身边的这个人是不是地球人，因为在我看来地球人是需要一定的睡眠和休息时间的，然而他似乎不用。对于他这样的生活作息，我们一堆朋友基本都保持着一个态度：太拼命了，这简直是在透支青春。

后来我们发现，这样的劝阻跟你去劝说一个熬夜好多年的人不要熬夜一样无力。

身边的一个女生,在没有毕业之前一副女强人的态势,考研、社团活动、晚会主持,哪儿都有她的身影。她自己也说着不会那么快地想要稳定下来,然后她突然结了婚。我们几个人聚会的时候,有那么一次说到曾经她那么拼,现在放弃了那些会不会觉得可惜。她说了一句很玄乎的话:其实这就是属于我的人生,度过一个很苦很奋斗的青春,然后突然发现自己真正想要的。

好友前两天在凌晨4点给我发来微信,他那里是早上7点。他跟我说着自己最近的苦,设计遇到神甲方,说着他已经好几天没有好好睡。我突然很想说,如果他想要的东西少一点,是不是就不会这么累。然而我忍住了,因为对于他来说,苦就是他存在的方式,那是属于他的标签。

2

我突然想,我们所谓的存在的方式到底是一个什么样的东西。

到了某个时刻——对于我们中的大多数,也许现在就是这个时刻,会发现生命中的人都开始有了各自的轨迹。有的突然就结了婚,有的读起了博士;有的进了银行,开始在微博上吐槽起自

> 能知道自己想要的不容易,没必要为了那些所谓的标签改变自己。

己的职场生活;有的则依旧在旅行。学会计的最后做起了生意,学管理的最后进了银行,说着不想结婚的人,第一个结了婚。

他们都是我很要好的朋友,然而我们都有着不同的生活方式。比如我从来做不到为了赚钱去那么拼命,我也不想早早结婚。也许我唯一能做到的,就是和我好友一样,改方案改通宵。曾几何时,我们都是一起上课一起下课,一起在同一个地方生活,然而最后我们都走向了自己的生活轨迹。

而我在进入我自己的间隔年之后,我每天早上 9 点多起床,每天晚上 3 点多睡觉,有着不算规律的睡眠时间。每天下午看一会儿书,看到不想看为止,有时候会忘记吃饭,有时候看一小时就看不下去。回家对着 Word 发呆两小时,写得出来最好,写不出来也是常态。没有四处的旅行,没有拍漂亮的风景,这跟我以前向往的间隔年完全不同,然而一两个月以后,我开始觉得,也许这才是我想要的间隔年。

我曾经也因为朋友有着比我更好的工作,有着更好的生活而苦恼不已。我曾经也被他人生活中闪闪发光的东西迷失了自己想要的,而我现在觉得,没有必要去羡慕他们。因为他们有着他们想要的,我有着我自己想要的。总有人比我工资高,总有人比我去的地方多,总有人过得比我光鲜,这些都和我没关系。能知道自己想要的不容易,没必要为了那些所谓的标签改变自己。

在我和好友聊着未来会去往什么地方的时候,我突然得到一个结论,也许对于现在的我们来说,不管去什么地方,都会有点虚,生活在哪里都一样。

关键是如何生活。

3

在微博里我说:"有人相遇十天,闪婚了过得很好;有人一起十年,还是分开了;有人这年实现了梦想,春风得意;有人这年处处不如意,苦不堪言。这些都没关系,如果为了梦想,你愿意赌上你的时间,那就去赌;如果为了眼前的人,你愿意赌上自己的感情,那就去赌;只要你能为了梦想,愿赌服输,只要你能为了他,愿赌服输。"

我以前没有听懂那个女生的话,现在的我也许明白了:当你回头看的时候,你会发现一切都有迹可循。

为什么苦?为什么会走上现在这条路?你对着镜子问问自

己,你会发现,你现在的境遇从某种程度上来说,都是自己选的。既然是自己选的,就不要抱怨,有的时候一条路开始了就不能回头,也不要去回头,不为了别的,只因为既然在开始时你有勇气做选择,就要有本事自己承担起后果。

我们都在按自己的方式活着,也许看起来过得很有意义,也许看起来过得毫无意义;也许看起来过得很安稳,也许看起来过得不靠谱;也许你和我一样写着没人看的书,去没人知道的地方;也许你在喜欢着一个不可能在一起的人,为了他做很多别人看起来"不值得"的事。

4

我们的生活标签是什么?我们所谓的存在方式是什么?你自己去定义。你知道,来到这个世界上,你就没办法活着回去。你和别人的不同,就在于你怎么活。没错,你身上一定有能让你发光的东西,那是你自己的节奏,那是你与众不同的东西。那是你的路,你必须自己走,才能找到出口。

但是亲爱的朋友,在给自己一个交代之前,在还没有彻底甘心之前,请继续努力下去,直到有一天我们都能够以自己的力量平稳地站在大地上,那是属于你自己的力量,不必害怕它消失。

　　写给一直坚持早起去图书馆背书却被别人嘲讽的你;写给没有好好学习而在别的方面做出成绩却被人误解的你;写给每个在深更半夜还在为了自己想要的生活而努力的你。

活法，决定你的位置

文·马德

一位画家说，他有午睡的习惯。然而有一天，心"怦怦"地狂跳，睡不着了。原来是他的两幅画突然卖了很高的价钱。他一想到卡上的那一长串数字，就激动不已。因为这点名声，他开始频繁出入各种沙龙，各式饭局，非但午睡没了，晚上也开始长时间地失眠。他说，原先安安静静画画的日子，就似活在天堂里。自从名利来了，便一脚踏进了地狱。

北京有一个朋友，开了一家公司。他交友有一个原则，那就是但凡谁往声色犬马之地带他，他就跟谁绝交。他因此得罪了一些人，但更多的人聚拢到了他的周围。原因只有一个，大家都觉得像朋友这么活着的人，太弥足珍贵了。

汪曾祺先生写过两个京剧名家，一个叫萧长华，一个叫贯盛吉。萧长华一辈子挣的钱不少，但都给别人花了。他买了几处"义地"，是专为死后没有葬身之地的穷苦同行预备的。有唱戏的"苦哈哈",死了老人,办不了事,就到萧先生那里磕个头报丧。萧问来人:"你估摸着,大概齐多少钱才能把事办了啊?"来人还没答复呢,他就去箱子里取钱。

而萧长华本人却活得足够节俭。自己从不坐车,到哪儿都是步行。他的长寿之道是:饮食清淡,经常步行,问心无愧。

另一位名家叫贯盛吉,也是个丑角,可惜,他死得早。据说,有一天他身体很不好,家里忙乎着,怕他今天过不去。结果他瓮声瓮气地说:"你们别忙。今儿我不走,外面下着雨呢,我没有伞。"你看,人都快不行了,还这么幽默。

这个世界上的好多事,我们都左右不了。譬如,翻云覆雨的命运,扑朔迷离的生活,但有一样我们是可以掌控的,那就是自己的活法。其实,到头来会发现,人生快乐不快乐,幸福不幸福,全然不在于你有多少钱,在什么位置上,而在于你怎么活着。活法好,才会活得好!

每个人都应该
有自己的一套生活智慧

文 · 沐沐

一个朋友今年年底毕业,面临择业。其实择业不是问题,朋友纠结的问题是地域——留在香港还是回到北京。

她一开始没有特别的想法,两个城市都挺喜欢。只是最近跟家人、朋友说起来这件事,每个人都给出一堆建议,有人分析利弊,有人直接一边倒……朋友快疯了。

朋友从小是乖乖女,家里人喜欢帮她做决定。只是这一次,连父母的意见都不一致,各执一词。朋友跟我一样,也是天秤座,面临选择的时候纠结得要死。朋友问我,听谁的?

其实香港和北京各有利弊,大家看到的点都差不多。只不过每个人的认知不同,凭借自己的判断把某一方面放大了,于是利弊就不平衡了。

给出强烈建议的人,也都是对朋友很了解,而且在乎朋友以后过得好不好的人。他们用自己的生活智慧做出了"最佳"判断。只是，人和人毕竟不同，他们不能体会朋友心底的渴望和恐惧，他们的种种分析，都无法抹杀朋友自己心底里的声音。

朋友问我，如果是你，你怎么选？我不知道怎么选，我也不是她。我只知道在我面临选择的时候，从来没有什么得不偿失，利大于弊，因为心里在乎的那个点，可以撬动所有的一切。利弊得失，谁算得清楚呢？而且，我相信就算选了一条路没走通，也没关系，换一条就是了。没有任何一个选择可以成为一辈子的保障。朋友说，你的生活智慧总是一套一套的。

我只是拿自己的生活感悟来指导生活，这是我的幸福公式。每个人都会有自己的公式，解救很多大大小小的问题。即使说不出来具体是什么，但是每个人都能听到自己心底的声音，做什么样的选择，成为什么样的人。

人心里都有一套价值判断体系和指导法则，只是有些方面不那么明确而已。碰到新问题时，因为自己的标准没有涉及，就习惯性地去借鉴别人的标准，当别人的标准互相矛盾的时候，自己就没有判断力了。

一个同学给我讲，他们学校有两个元老级的人物。在同一个

> 很多事情,没有对错,也没有更好,只有适合不适合。
> 真正的标准,在每个人心里。

系里三十几年,他们彼此看不惯,但两个人"巧妙"地避开了所有尴尬的场合。这两位教授,一个崇尚自由,一个崇尚克制:

一个生活潇洒,抽烟、喝酒、熬夜,从来没什么固定的作息时间表。他是滑翔伞的骨灰级玩家,经常有人慕名来拜师学艺。工作状态很好,精神状态很好,最近十年看上去没有变老的痕迹。据同学分析,虽然他各种"摧残"自己,但实在是过得太快乐了,该经历的都经历了,想做的都做了。心情愉快,当然身心健康。

另一个生活极其规律,每天早上五点起床,健身,吃早餐,然后开始一天的工作。几十年保持着规律的生活作息。精确到几点回家,几点躺下来,甚至上午十点一杯牛奶,下午四点一根香蕉都没有中断过。他平时喜欢书法,去年还办了个人书法展。工作状态很好,精神状态很好,看上去比实际年龄年轻十几岁。

两个人都是喜欢分享生活智慧的人,给同学们上课期间总是穿插着说说怎样生活才是有意义的人生。讲完之后,看同学们笑而不语,二人都会半开玩笑式地说:"××老师跟你说要作息规律/想什么时候睡就什么时候睡,是不是?别听他胡说八道!看他活成那样子!"同学傻了,谁活得更好?

两个我尊敬的建筑师前辈,他们的作品都得到业内的认可,也是谁都看不惯谁。

　　一个画草图天马行空，只有自己看得懂是什么。他的工作方式是先让大家一轮一轮头脑风暴，只要概念精彩，体块虚实把握到位，细节都不是事。

　　另一个勾勒的草图都是整整齐齐的，连构图都一丝不苟。每一轮方案推敲，他都要直接把细节做到位，甚至立面的划分，窗台的颜色，"没有细节就没有整体。"

　　两个人都喜欢给年轻建筑师分享经验，把自己的心得体会讲给大家。多年来，他们的工作方法自成体系，各自讲给同一拨儿年轻人，自圆其说，无懈可击。年轻的建筑师们傻了，谁说的对？

　　其实，生活中从来没有一个标准的公式来判断对错是非。很多事情，没有对错，也没有更好，只有适合不适合。真正的标准，在每个人心里。静下心来，给自己一段时间，慢慢地心底的判断标准就会清晰明朗。

　　比如自由还是克制的生活状态，你自己心里面肯定知道哪一种会让你更兴奋。如果你不像前面提到的两位教授那么极端，按自己最乐意接受的状态生活，也没什么不好。

　　比如做方案的模式，每一个建筑师肯定都有自己的倾向，只是没有那么极致。其实也不用像他们那么极致，中和一下也不失为一种好的尝试。

别人的生活，没有好和更好之分。他们笃定的生活哲学，也许适合你，也许不适合。就像每把锁都有一把钥匙，能对号入座才是最好的生活哲学。况且，把别人的生活智慧挪用到自己的身上，如果不是你想要的，又有什么意义，人要贴近自己的天性去生活。

信息化时代，我们每天接收到各种各样的指教，不能听到什么就全盘接受。要选择性地吸收，构建自己的认知和判断体系，推演出适合自己的那个幸福"公式"。在随后的岁月里，反复求证和完善，不同于旁人又自成体系。

要明白，人人生而不同。每个人都应该有自己的一套生活智慧，不盲从，不偏激，不虚伪，不妄自菲薄。然后，用它来指导眼前的生活，对自己的内心真诚，才是靠近幸福的捷径。

每晚临睡前，
问问自己和早上有什么不同

文 · 苏心

公司经营不景气，降薪裁员。女友也中枪了，公司第一轮人事变革她就被降了薪，据说没被裁员已是幸运。她给我打电话抱怨了很久，问我该怎么办。

物价越来越高，上有老下有小，工资竟越挣越少，真是让人生气。辞职吧，她又没有什么特殊技能，一时半会儿找工作也不那么容易。再说在那家公司都干了十来年了，这样走了真是不甘。可是，留下来继续干，又实在窝火。

女友让我给她拿个主意。我不知该怎样回答，就给她讲了A的故事。

A是我的同学，曾经的学霸。大学本科毕业时，恰好赶上最后一班包分配的列车，不想却被分配到一个效益很差的国有企业。她刚刚上班几个月，就被下岗了。单位的那些老人，个个都不是

> 是的,这个世界有很多不公平,但最公平的就是,每个人每天都拥有二十四小时。

善茬儿,让谁下岗都说不好会出人命,只有朝新人开刀了。

我替她鸣不平,她是本科毕业生,有学历有潜力,却被第一批下岗。我打电话过去想安慰她一下,她反而把我开导了半天。

她说:"不吃大锅饭,我可能活得更好,那种半死不活的单位,早点离开也不一定是坏事。"我怯怯地问:"刚工作就被下岗,你真的不伤心?"A沉思了一下回答:"伤心有什么用,还不如把伤心的时间留着努力,把自己变得更好,还怕找不到好工作吗?"

A在一家民企找到了新工作,并凭着优秀的表现很快脱颖而出,成了单位骨干。在我们还天天挤公交上班的年月,A就买了车。她经常开车去旅行,美丽的大好河山里,留下很多靓照,让我心生出各种羡慕。

可她在的那家企业任人唯亲,人际关系复杂,我辗转听说她在公司里很受排挤。A是那种只会低头做事从不辩解的人,这样的性格注定会吃亏,我时常为她隐隐担忧。

上个月,A在朋友圈秀自己在单位散步的照片。我觉着眼熟,仔细看发现那是一家待遇好得让人眼热的上市公司。因为业务关系,我去过几次,对那片花园式的办公区印象很深。

原来A换了单位,我兴奋极了,赶紧给她打电话,A淡淡地说:"嗯,来了两个多月,财务总监,猎头公司推荐的。"我问:"听说你在原单位受排挤,是不是因为这个离开的?"A不屑地说:"我从不掺和那些烂事,只把时间用来提升自己。自己变强大了,保持能随时离开的能力,这才是最重要的。"

这些年,A无论工作多忙,都不忘给自己充电。别人闲聊的时候,她在看书;别人休息的时候,她在参加培训;别人看电视的时候,她在写东西;别人内斗的时候,她能躲多远躲多远。

A报了几个培训班,每天忙得陀螺一般。在单位那帮人斗得焦头烂额的时候,她一转身,面前已是海阔天空。

A在朋友圈里曾发过一段话:"抱怨是最没意义的事情。如果实在难以忍受周围的环境,那就暗自练好本领,然后跳出那个圈子。"

这样的话,或许我们每一个人都听过,可又有多少人在暗自努力练好自己的本领,有了随时离开的底气?

是的,这个世界有很多不公平,但最公平的就是,每个人每天都拥有二十四小时。时光有限,我们每一个人的精力更是有限。把精力花在修炼自己上,不伤心,不抱怨,不浪费唇舌,每天进步一点点，留着所有的时间把自己变成最好。

　　一天、两天、三天，你和身边的人看不出什么区别，但假以时日，一定会让人刮目相看：天哪，他（她）明明和我一路同行，怎么竟一下子飞上枝头成了凤凰？

　　听完A的故事，女友欣欣然挂了电话，一会儿从微信上给我发来一个"加油"的手势。

　　总说时光无情，那是因为你在浪费它。时光其实最有情有义，你投入得越多，它回馈得就越多。哪怕很长一段时间都像往深井里投入石头，悄无声息。可只要你投得足够多了，终有一天它会突然还你一个大写的惊喜。

　　每晚临睡前，问问自己和早上有什么不同。当你的质地变得卓尔不群了，还愁没有华丽转身的机会？

我们拿什么
对抗平淡的生活

文·孙晴悦

前两天和一起在巴西共同奋斗过的战友们聚餐,我们一起在巴西工作生活了很长时间,一起出差、吃饭、逛街,那是远超越同事的战友。这一群人一起走在北京的夜色里,有一种穿越的感觉。

因为无数个圣保罗的傍晚,我们也是这样一群人,走在保利斯塔附近的街区,拿着手机看旅行社区,找一家家新鲜的餐厅吃喝,抱怨着出不完的差、做不完的片子,也分享着各自路上的故事,一起放声大笑。我们或早或晚地卸任回到了北京,分布在各个不同的频道工作,其实并不常相见。而那一段拉美往事也好像是做了一场很长时间的梦一样,有点不真实。

回国小半年第一次见到旧日的战友们,说来也是惭愧,好像每天都有做不完的事,竟就约到了年底。热气腾腾的火锅局,聊着那些过去以及现在。我惊奇的是,回到了国内,聊着各自的现状,大家好像不是在开始一个新的生活,而是回到或者说落入了柴米油盐生活的琐碎中,好像只有那些亘古不变的话题——买房、买车、结婚、生子。

生活其实步入了正常的轨迹,反而听着是那么的让人沮丧,大家好像一瞬间变成了无聊的大人。曾经这是多么有趣的一群人啊,一起去过那么多稀奇古怪的地方,遇过那么多形态各异的人,拍过那么多深入浅出的故事。曾经,这群人的聊天内容天南地北,聊的是世界。而后来细想,其实这和驻外并没有太大的关系。这个世界的变化,远在我们想象之外,而我们自身想法的改变,也远在我们的想象之外。

前些时候,听说大学时候隔壁宿舍那个念书最拼命的女生嫁了人做了家庭主妇。当时我想,那些当初年少时候的理想呢?当初考试拼命、实习拼命,那些年少时候的愿望,后来真的就再没想起过吗?

但我就是在这一刹,突然理解了那个女生。因为生活本身并不是我们年少时候做的那些遥远的梦,生活本身是现实,冰冷的,甚至是残酷的。谈完了理想抱负,也是要买菜做饭,也是要洗衣刷碗的。

我们大部分，随着时间轰隆隆地向前跑，年岁渐长，过了意气风发的时代，然后就现实地一头栽进柴米油盐里。所以，我们就必须，也只能慢慢变成无聊的大人吗？

我曾经说，我不想要一直驻外，是因为想要过正常的生活。所以，现在回来慢慢变成无聊的大人，就是我想要的正常生活吗？

我们总是看别人晒着各地旅行的风景照，艳羡之余，觉得这是生活在别处。但是关于旅行，我一直很喜欢那句著名的负能量：旅行不过是从你自己待腻了的地方，去到别人待腻了的地方。

旅行能够改变的是外部环境，是暂时逃离这个熟悉到无聊的地方，到一个新的地方呼吸几口新鲜的空气。它真的改变了我们平淡的生活吗？其实并没有，旅行从来都不是一个解决办法，这一点我坚信不疑。如果我们永远要依靠这些外部刺激，来暂时刺激一下我们麻木的小心脏，得到暂时的解脱，那根本就不是最终的解决办法。

很多人跟我说："我的生活一成不变，我应该如何改变这样的现状？""我现在的工作太按部就班了，我想要出国去看一看""可是我并不知道出国要去读什么，也不知道我究竟想要干什么"……

> 我们凭什么就要放弃，凭什么不相信，小小的我们，
> 完全有能力对抗这看上去一成不变的平淡生活。

在和驻外的战友小伙伴们吃完饭回家的路上，我突然对以上的问题有了答案。其实我们可能并不是想要改变，不是想要换工作，不是想要出国，不是想要真的去听从自己的内心，我们只是无法面对这似乎一眼能望到尽头的平淡生活。

终究，我们从每天都吸收新的知识的校园，踏入了可能每天变化并不大、工作无聊重复的社会，认识有限的新朋友，走着有限的从家到单位的路，我们无法接受这样的改变，我们不知道如何才能来对抗这平淡的生活。我们试图用很多方法去改变，比如旅行、出国念书，但是这些其实都是暂时的刺激，像一剂镇痛药一样，却并不是长久的解药。

好像在一场驻外的浮华以后，我开始慢慢理解，想要永远靠外部新鲜的环境、去到新鲜的地方来获得内心的快乐，这是一个奢望。

我开始懂得，那些内心持续不断快乐的源泉，在于你永远愿意去尝试新的事情并持续不断地付出，而不是躺在平淡的生活里，试图用新的环境来刺激你。

我们拿什么来对抗平淡的生活？拿我们在拼命工作、努力赚钱、柴米油盐、结婚生子、照顾老人、抚养孩子之余，依然保有

的好奇心、热情和付出，像我们最初上大学的时候那样，为我们憧憬的那些遥不可及的愿望。

而其实，包括我在内的大部分小伙伴们，尚且没到那上有老，下有小的人生阶段。我们凭什么就要放弃，凭什么不相信，小小的我们，完全有能力对抗这看上去一成不变的平淡生活。

我们其实可以不要变成无聊的大人——和你们共勉。

让日常，不寻常

文·陶妍妍

多年前认识小曾，她是一位才华横溢的设计师。第一次去小曾家，就留下深刻印象：还没在沙发上落座，一大团白色长毛物体噌一下跳起来，她的宠物猫跳出玄关，自己蹁到门把手上打开防盗门，闪电一样不见踪影……看我讶异的表情，小曾淡淡地说："它不喜欢来客，自己散步去了。"

小曾端来现磨黑咖啡，我要糖，她说我家没有糖；我要奶，她说我家没有奶。瞬间明白，完蛋，就像别人递杯红酒，你非要雪碧勾兑，肯定触犯了一个自己烘咖啡豆磨咖啡豆的手工艺者的底线。

好在她懒得跟我计较，一边说话一边靠墙站立继续作图。她的书桌很特别，有胸口这么高，她说自己常年坐着画图腰椎受不了，于是找木匠师傅照自己的个头打了这么一张，从此站着干活不是梦。

有朋友私下议论过小曾，说她虽有才华却不够随和，我却觉得她舒服。因为她有智慧在啊。能清晰地在芜杂生活中选择最让自己舒适的部分坚守下来；获国际设计大奖不见她骄慢；与客户三言不合一拍两散也未见她忧惧；连她养的猫，都能那样自由地对待猫生，搅了清净就独自下楼散步，实在羡慕。

后来，小曾为喝上好咖啡，居然跑去学习专业的咖啡烘焙技术，再回来时，有了一家咖啡馆。咖啡馆取名"少少"，店里装修也的确少到简陋。灰色地板漆，原木桌椅，几只柜子都是中古家具，上面摆放着她平时看的书，四壁挂着自己的画儿。一根枯木劈成两半拼成茶桌，从田野挖来的苔藓和瘦弱的兰草做成小盆景摆在台面上，去山里玩捡到的黄杨木枝和竹枝被她细细打磨成茶扒和茶针……

我说，你这个店怎么有点废物利用的感觉？

她笑嘻嘻反问：舒服不？

还真是挺舒服，像洗了很多遍的老棉布，有温润的熨帖感。

"这里的每一件东西都有用，每一件小物都有故事在里面。空间里没有'无用'的东西，每一件器物都传达着爱，空间才舒服。只有舒服了，才有美的可能性。"

> 智慧是学会控制欲望，挑拣需要，确定自我。
> 智慧，需要清澈的眼神，才能看得见真知。

可我一度以为：美需要拥有很多量。就比如姑娘们都在意的穿衣打扮这件事吧，首先，审美观的培养都是从量变到质变；其次，每一季流行单品有几人能真正抵抗？！

可这几天收拾衣柜时，我的想法变了。旧衣越来越多，我陷入选择的困境。它们有些是因为当季流行购买的；有些样式华丽却没场合展示；有些明明和自身气质不符，当时却固执地想换个风格……每件衣服，掏钱包那瞬一定觉得极美，然后呢？拾掇了一圈，最终留下的，都是面料有质感、剪裁有设计、色彩饱和度很高的经典款。曾偏爱的那些流行款，狂热追捧过的潮流单品，过了那一季的火热，都默默放到了衣柜的最底层。

年轻时真是无畏，有最好的年华打底，有漫长的岁月做后盾，什么都敢乱尝试，也盲目自信自己能驾驭所有的风格。后来渐渐懂得：没人能无所不能，找准自己的风格，比不断尝试新品更重要。

也明白了，当实力足以占有更多物质，如果没有同步学会管理欲望，人心会像漂浮在海上的船，因为没有正确的航向，任何方向的风都是逆风。

没看清内心，占有再多，最终都会以厌倦收场。

中国社会从未像今天这样极大丰富过——物质丰富、信息丰富、价值观也丰富……贫瘠年代最向往的"丰富",此刻却给很多人带来了困扰。特别是面对每日海量信息的冲击,我们问自己:信息是不是代表智慧?

我想,不是。

智慧是如何与世界和谐相处;智慧是如何与内心的洪荒之力达成和解;智慧是学会控制欲望,挑拣需要,确定自我。智慧,需要清澈的眼神,才能看得见真知。

米兰·昆德拉说:生活在别处。无论此话原意如何,如今已被越来越多人奉为幸福的可能性。

朋友圈长红的稿子,一派鼓励不断奋斗以改变命运,另一派则宣扬隐居山林淡泊岁月……关于幸福的定义,出现两极分化。而身边很多年轻人,夜以继日出卖着智力、体力以及健康,想早日跑入"中产",不过是为了早日过上经济稳定、情绪稳定的"慢生活"。

"从前慢""未来慢",我们如此追崇"慢",因为它从来都是奢侈品。

面对芜杂的当下,我们更需学习"断舍离"。

"断舍离"是日本山下英子发明的词汇,提倡简洁生活,将耗费生命力的冗余之物摒除在外。

在我看来，摒除是心力，选择更是心力。

设计师凡德罗说过一句影响全世界的话：Less is more。（少，即是多。）他能从独属自己内心的"less"里，找到无限的快乐外延，这才是让生命丰富的正途。

想拥有选择的心力，必须拥有不忧不惧的世界观，还有独属的审美品位——这些都需要美好日常的滋养。

像小曾那样，为喝上更好的咖啡，去专业学校学习咖啡烘焙；为做设计时腰椎不疼，自己动手设计一张合适的书桌；从山间捡来小树枝，经由自己的审美和双手打磨，成为独一无二的茶扒……

就像日本的煮饭仙人村嶋孟，用50年光阴，煮一碗有灵魂的大米饭，每天只做三升米，把毕生心血用在煮饭上。"我坚持做出美味的白饭，就是为了满足客人的胃，也温暖他们的心。"

让人生变美好的，不是一生一次的惊喜，而是平常日子里一粥一饭的感动。

告别平庸的设计，告别无趣的日常，在生活中修行，在日子里体会"慢"的力量，就有机会开启人生全新的一面。

找到真正的喜爱，而不是胡乱尝试；懂得做选择，而不用事后摒除。相较于多，好，才真正符合你内心的需求。

好的设计或许改变不了什么，但足以重塑日常。而更好的日常，才是生活本该有的样子。

学会享受平凡的幸福

文·王珏

人生就是一道选择题，而有一种选择，是在理想和现实之间的权衡和考量。考大学，选一个冷门但心中向往的专业还是就业率好的热门学科？找工作，勇敢选自己理想的职业还是眼光瞄准"体制内"、高年薪的岗位？谈婚论嫁，选一个志趣相投的爱人还是非"高富帅"不嫁、非"白富美"不娶？当然，其中不排除两者兼得的情况，但当现实的诱惑和理想的追求分离时，矛盾就自然而生。尤其是在高速发展的现代社会中，商业法则渗透到方方面面。理想很丰满，现实很骨感，在利益面前，坚持初衷需要勇气。

哈佛大学校长福斯特发现，她被无数同学在不同场合最经常问到的一个问题是：为什么哈佛的毕业生中，有那么多人会投身到金融、咨询和电子银行领域中去？答案显然和钱有关——"高额的薪水，和朋友工作、生活的乐趣，享受人生的稳定和踏实感，使大家奋不顾身地投入那些领域。"

但比起回答这个问题，福斯特更感兴趣的是，同学们为什么会这么问，为什么这个问题会困扰这么多人？

这位哈佛历史上第一任女校长认为，之所以这样问，是大家在怀疑，在一家大名鼎鼎的名牌企业中拥有一份起薪丰厚、前途光明的工作，是否就能得到精神上的满足？是大家在犹豫，要一份有利益的工作还是有意义的工作？是大家在追问，要取得传统意义上的成功，还是让人生过得有意义？

其实，这其中涉及对潜在冲突的调和、涉及对鱼和熊掌如何兼得的考虑，当然，更关乎人生意义和价值的追问。

所谓的人生意义，在于赋予所做之事以内在意义。它使人学会自我分析和评判，把握生活并掌控其发展路径。它赋予人开展行动、发现事物意义和做出选择的能力，让人们向有意义、幸福生活的方向努力奋斗。

很多时候，我们都会迷失在意义中，关于成功就是明显的例子。从小到大，我们的教育中充斥着一种成功主义，"吃得苦中苦，方为人上人""书中自有黄金屋，书中自有颜如玉"，带着明显的功利主义和急功近利倾向。进入社会，各种成功学充斥眼球，

> 要知道,那些心灵里充沛而丰盈的情感,那些世俗生活中琐碎而平凡的幸福,大都和利益无关。

也不乏有人把成功当作唯一的尺度,名利当成最高的追求。

定义成功、定义人生,需要勇气和智慧。有学者指出,追求成功是一种境界,一种理想。但不追求成功,也是一种境界,一种理想,而且是较为稀有的境界和理想。平平常常,快快乐乐地活着,找到某种追求,就去做,找不到,就在日常生活中寻求幸福。可不可以不成功呢?这也是追寻意义的一种。

当然,你也可以把金钱、权力、名气作为人生追求的意义。人往高处走,人们追求更好的生活本来就无可厚非,何况在这个竞争社会中年轻人面临着更大的现实压力,钱不是万能的,没有钱是万万不能的。但是,如果个人将这些视为追求的全部,社会将这些视为评判的标准,将为人生旅程套上道道枷锁,为社会进步筑起重重藩篱。

人生离不开奋斗,但奋斗的目标更多应该是追求心灵的富足,享受平凡的幸福。要知道,那些心灵里充沛而丰盈的情感,那些世俗生活中琐碎而平凡的幸福,大都和利益无关。

每一种活法
都有属于自己的幸福

文·余君才

想起庄子的两则故事：庄子带着他的学生去郊游，走到一棵古树的面前，他停了下来，问他的学生："你们知道这棵树为什么能够存活下来并且安享天年吗？"听了学生的回答后庄子只能无奈地摇头，他接着说道："这棵老树就因为无用而被人忽视，是无用帮了它一个大忙。"

一日，有贵客临门，庄子对学生说："家中有两对鹦鹉，就把不会说话的那对杀了招待客人吧。"那个学生蒙了："山中的那棵古树因为无用而得以延年益寿，家中的那对鹦鹉却因为不会说话而要遭受杀戮，同样是无用，命运为何不同？"

庄子没有作答，不过最后，那对不会说话的鹦鹉倒是保全了性命。

我们身边其实有很多这样的人，他们很渺小，自身发出的光

> 因为，每一种活法都会有不一样的人生，
> 每一种人生会有属于他们不同的幸福。

实在有限，不仅不可以照亮别人，就连照亮自己都很难做到。但是他们却努力地生活着，去过属于自己的生活。他们想要怎样活着，我们大可不必干涉。

曾经看到一对夫妻，妻子坐在丈夫的自行车后座上，不知道妻子说了一句什么，丈夫转身吻了一下妻子，他们有说有笑，恩爱有加，但却受到旁人的鄙夷。但至少，他们比那些在社交媒体上秀恩爱、裸露、炫富的人要简单、真实得多，他们表达的是发自内心的爱和快乐，我们不能粗暴地否认他们的幸福，因为每个人都有自己的活法。

有时，我们很多人以为没车没房就没有好的生活条件。但没车没房其实并不代表生活不美好，每个人都有自己的生活和趣味，没有房贷、车贷的压力，生活反而会轻松很多，不必担心每月要去还多少房贷、车贷，其实也省去了很多辛苦。将物质看得太重，往往会忽视精神的需求。一个人的精神足够富足，才能获得真正的幸福。

生活中，有一种哲学叫作你所认为的样子。

你所认为的那些周游世界的人，都是精彩绝伦的；你所认为的世界，除了春天的繁花，再没有什么美好可言……

然而，很多事情实际上并不是我们所认为的样子，那些周游世界的人，虽然一路精彩，但也一定有着浪迹天涯的孤独；这个精彩纷呈的世界，除了春天的繁花可以欣赏外，还有夏天的凉风、秋天的落叶以及冬天的白雪……每一种存在方式都值得被欣赏，每一种生活和风景都有独特的魅力。

我们不可以用一些刻意的标准来绑架我们的生活，去衡量一个人的生活是否幸福。因为，每一种活法都会有不一样的人生，每一种人生会有属于他们不同的幸福。

你有你的人生，我有我的幸福。我们不可以自以为是地为别人的生活粗暴、轻率而武断地下结论，只要一个人的生活不危及他人，不给别人带来伤害，不违背这个社会的基本法则，他们的每一种活法，活出的每一种结果，就都是精彩的，就都值得我们尊重。

做一个冷清的人，过一个热闹的人生

文·袁小球

"这是我的新号，望惠存。"

午夜的时候，收到朋友群发的短信。当我将朋友的名字和电话保存到通讯录的时候，恍然发现原来通讯录里已经躺着四个被他抛弃的号码了。

山南海北，许久未见。过年的时候放假回家，终于有时间和他一起吃个饭。我晃了晃手机，和他开玩笑说："你对女朋友可比对电话号码忠贞多了，你看你今年都换了多少个号码了，我想给你打电话都不知道该打哪个。"

朋友瞥了我一眼，咬牙切齿地说："反正你从来不会给我打电话。"

本来想戏弄他，却被他的这一句话硬生生地打了脸。想了想，还真是从来都没给他主动打过电话。心生愧疚，却也靦着脸说："虽然不打电话,但不代表我不关心你嘛。"

虽然是哄他的话,却也出自真心。

我从来都不是一个热闹的人,尽管我希望过一个热闹的人生。

小时候的我就是一个让大人觉得有些无聊的孩子。我不喜欢和同龄小朋友一起玩,踢毽子、跳皮筋、打口袋,都让我觉得枯燥而乏味。过家家什么的,在我看来更是无比幼稚。或许,我就是有些早慧。每次爸爸妈妈让我出去和大家一起玩,我总是会一个人溜到街角的书店,躲在角落里看书。看什么并不重要,重要的是我并不想和大家一起玩。

长大后情况有所改观,因为自己的朋友大多是开朗热情大方的姑娘,所以难免也会被影响。我喜欢和她们在一起,感受她们带给我的温暖。我更愿意做一个聆听者,在她们伤心难过的时候默默地听她们倾诉就好。我不习惯和朋友牵手走路,不习惯和朋友形影不离,不习惯和任何一个人永远绑在一起。偶尔也会讨厌这样的自己,枯燥,无趣,冷清。

从我的手机套餐组合就可以看出我的习惯,通话0分钟,短信0条,唯独流量包每个月都会消耗将近1000M。不喜欢打电话,不喜欢发信息。偶尔想念一个朋友,就会跑到朋友的朋友圈或豆瓣去翻一翻，看一看他最近读了什么书，看了什么电影，听了什么音乐，见了什么人。也会故意和他读同一本书，看同一个电影，听同一首歌，想着此时此刻，我们虽然在不同的地点，是否在做着同一件事。没有痕迹，我只是静静地守望着你的生活。

也会反思这样的自己是否太过冷清，让朋友倍感不适，但每每拿起电话却总是在内心犹豫，大家都有自己的生活和工作，总是怕打扰到朋友正常的生活。

很多时候我也会羡慕那些活得热气腾腾的人。记得有一日去宿舍楼下取快递，恰逢另一个姑娘也取同一家快递。取完快递后，我俩前后脚进了电梯。我低头开始拆快递，却没想到这姑娘竟然开口和我聊起天来。我有些诧异，目瞪口呆地看着她一个人在那儿自言自语。

"好巧呀，我们住一个楼层，又取的一家快递。"

"你是哪个学院哪个专业的啊？"

"哎，你买的口红吗？什么牌子的？好用吗？"

"这么快就到了，有时间来我们宿舍玩啊。我住×××。"

直到我俩下了电梯，一个人向左走，一个人向右走，她才停下自己唐僧般的唠叨，特别真挚地和我说了声再见。和这个陌生的姑娘意外相逢的短短一分钟，对我来说，简直快要和一辈子一样长。我能感受到她的善良和热情，像一个闪闪发光的小太阳。我想，这样的姑娘，每个人都会喜欢的吧。

可是，尽管我很努力地想要成为这样的人，却终究只是在勉强自己。也曾因为盛情难却，硬着头皮参加朋友举办的联谊会，和一群同龄人一起吃饭、聊天、唱歌、做游戏。几个小时过下来，我只觉得能量槽不知道被清空了多少次。每一个笑容都扯得无比僵硬，每一个电话号都存得无比糟心。每每想到要把生活撕裂给这么多人看，只觉得天似乎都要塌了下来。客套的寒暄，僵硬的笑容，刻意的热情，还有什么比这更加心累。

当我终于长大到可以里里外外认清自己的时候，我终于意识到，我就是这样一个简单无趣冷清的人呢。我可以让别人喜欢我，我也可以让别人觉得我亲切热情健谈，但这基于我对社会规则的遵循，而不是我的本心。性格中的内向因素，让我成为一个敏感、认真、稳重、内敛的人，这虽然并不讨人喜欢，但亦没有什么不好的。

但生活充满惊喜，频率相同的人终究会相遇。二十多年的人生，我终究遇到了一些从来不曾离去的人。

> 但我所期待的热闹,却是细水长流中的长久相依,
> 是山高水远外的久别重逢。

曾经和某姑娘说:"你看我们还是真爱吗?我们除了寒假和暑假见面,平时一个电话都没打过,一条短信都没发过。"某姑娘想了想,反问我:"我们需要靠这个来联络感情吗?"

想了想觉得也是,即使我们不打电话、不发短信,即使我们一年不曾见面,但每次相见依然如同从来不曾分开。一个眼神就可以懂你,或许,朋友就是这样。

如今我们相距甚远,许久未曾碰面,但偶尔看看她的朋友圈,又觉得她其实从来都不曾离开。也会在深夜的时候,给她写一封绵长的信件,细数最近的点滴小事。比如楼下的流浪黑猫生了一窝可爱的小花猫,比如北京的雾霾逼得我买了一箱子的口罩,比如食堂离了婚的阿姨貌似找到了新的男朋友,比如我最近狂吃了几顿大餐不知不觉就胖了两三斤……

当信件漂洋过海去看她的时候,或许已经是数月之后的故事。但这又有什么关系,因为那些温暖的小事,从来不曾消失。我记在心里,讲给她听。不温不火,不紧不慢。你收到最好,不收到也没有什么关系。偶尔会想起你,这样的思念,于我来说,温度最好。

一个冷清的人该如何过一个热闹的人生?我用了很长很长的

时间去思考这个问题，却最终也没得到一个明确的答案。冷清，不是不爱，不是不关心，不是不思念，不是不在乎。只是，所有的爱、关心、思念、在乎都被藏在了心底。我亦想张扬肆意地去表达，却终究只能把这一切春风化雨。当我在意你的时候，我希望你面前是真实的我。

有些人的热闹是朋友里的亲密无间，有些人的热闹是生活中的花团锦簇，有些人的热闹是事业上的锦绣前程，有些人的热闹是爱情中的你侬我侬。这些都是千百态的人生，都很美好，也值得珍惜。但我所期待的热闹，却是细水长流中的长久相依，是山高水远外的久别重逢。你记得我也好，忘记我也罢，我始终在那里，不曾远离。

我们或许就是这样冷清的人。但冷清的人未必没有一个热闹的人生。

闭门只为书卷香

文·李丹崖

治疗"庸俗"的良药之一是"拥书"。

几本书,一盏茶,门子一关,立时氛围就不一样了。

人心浮躁的年代,能够让人心情平静下来的事物,除了镇静剂,恐怕就只有书了。

看书的时候,院子里的蔷薇正开着,小小的一朵,开得浓艳,每一朵都像是一本打开的书。

一盏茶,是陈年的普洱,浑厚醇香。这样的茶好比古书,有力道,一个经由喉咙,一个经由眼睛,直入人心,经由灵魂的烟囱,跑到头脑的天空里去,氤氲出一片诗意。

人生是需要一些禅意的。这份禅意,和两个"斋"字有关。

一是经常吃一些斋饭,素食养心亦养身,可以定期给身体排毒。一个好身体,总能给生命带来无数种美妙的可能。

二是在条件允许的情况下,给自己建一座书斋。劳伦斯·戈德斯通:"一点点建立起自己的书斋确实是一个美妙的爱好,我把自己一生大部分时间献给了这个乐趣,我每天读一小时左右的书,做什么事情也赶不上读经典。有了我的藏书,就好像历史上某些最伟大的人物和我共居一室。"

我们的生活可以没有他人的陪伴,但书却是不可没有。与书同居,书能涵养人的灵气,也能给人带来书卷香。

闭门即是深山——是所有读书人的精神状态。

读书的人是要做"宅男宅女"的,内心的风波不止,书中的精气自然吸收不到脑海里去,尤其是在盛夏,市声喧嚣,夏虫嘶鸣,人心浮动,何来静谧的心灵?这时候,端起一本书,无须红袖添香,无须殿宇华堂,安守在简朴的书斋里,一丛文竹淡然地生长着,极目四行,或诵或念或默,书中自有箴言跳出来,与我们坦诚相见。

闭门只为书卷香,书香多情似故人。我一直觉得,读书的最高境界是"与一本书促膝而谈",无须仰视,也无须俯视,以平视的角度,平实的方式,对待一本书,这样得到的知识是知己般的,也最能入脑入心。

有人说,书能洗心。是的,繁芜的世事让人心蒙尘,书就是拂尘,渐渐扫除人心的灰尘,质本洁来还洁去,这就是书籍的功用。

有人说过这样一段话:"大抵上人生同时朝两个方向行进,且并行不悖,一是欲望和业力牵引的,走向老年及肉身的毁坏;一是心灵牵引的,走向童年及初心的苏醒。"我觉得,后者就是书籍所能引领的。

眼下这个时代,太多的人都想着"走出去",可是,走出去以后,莫要忘了"走回来",依偎在书卷身边,做一个灵魂有香气的人。

你和别人的不同,就在于你怎么活。
没错,你身上一定有能让你发光的东西,
那是你自己的节奏,那是你与众不同的东西。
那是你的路,你必须自己走,才能找到出口。

人生最坏的结果，并不是未来过得不好，活成自己不喜欢的样子；而是当下拥有变得更好的机会，可是，你却在担忧中错过了改变的时机。

生活才不是，
生命荒唐的编号，
生活的意义，
在于生活本身。

《小王子》

我曾经也被他人生活中闪闪发光的东西迷失了自己想要的，而我现在觉得，我没有必要去羡慕他们。

什么样的生活，
才是真正的富足

文·艾小羊

1

今天窝在家里看了几集《黄小厨的春夏秋冬》。黄磊在做饭的时候忽然说，好想家，想太太，想孩子，想给朋友们做顿饭，因为拍《黄小厨的春夏秋冬》，已经很久没回家了。听一个胖墩墩的大眼男人边做饭边念念叨叨，说想家，还真的被暖到了。

我一直觉得做东西吃，是一种特别好的放松，所以在周末，喜欢待在家里做吃食。煮一点儿绿豆汤，接受不了豆皮，所以会守在锅旁，在豆子刚刚煮烂，豆皮像被海浪冲上岸一样挤在锅边时，抓紧时间一勺一勺地捞出来，特别有成就感。别告诉我豆皮更有营养，与营养相比，喜欢更重要。

很热的时候与很冷的时候，人会特别恋家。这个周末，望着

> 富足不一定是有钱的时候,却一定是有闲的时候。
> 如果心不能静,再多的钱,也不会造就富足的感觉。

楼下马路上白白的日光,拿一杯冰镇绿豆汤,在沙发上来一个"葛优躺",哇,觉得自己好富有。

你们有没有什么时候,觉得自己好富有?我相信,这种感觉,一定不会出现在你买车买房买名包的时候。大把花钱的时候,最容易觉得自己穷。

有朋友去新疆看了野花,回来对我说,站在花海前,觉得生活好富足。那一年在天山,我骑着马,行走在山间小路上,路边是雪松,前方有斑驳的日影,听着马蹄嘚嘚响,那一刻也觉得好富足。

富足的感觉,是一种安心吧。安心于眼下的这一刻,暂时放弃了思考的能力之后,竟然发现自己什么都不缺。

2

"人类一思考,上帝就发笑。"过了 30 岁,有时候觉得人生其实是被一些零星的富足感激励着前进的。

有一次在咖啡馆,一个客人讲他煮的牛肉汤。客人擅长做牛肉,他专门买牛肋骨旁边剔下来的肉来煮汤。提前两小时把肉切成小块，用冷水浸，隔半个小时，换一次水，换下来的水也不浪费，浇他在阳台上种的花与菜。

"人吃什么，花就吃什么，才长得好。"他说。

他煮的萝卜汤，不放油，只放几粒花椒、几片生姜，然而却费时费心。开锅以后，他会搬把椅子拿一本书，坐在锅旁边静静地看，隔十几分钟就去打一下浮沫。肉八分熟，放切成大块儿的白萝卜，还是隔十几分钟打浮沫。最后煮出来的汤，没有一丁点儿油腥气。盛碗的时候，放一点点香葱。

听他讲这一锅萝卜汤，觉得他真富足啊。愿意花那么多时间，守着一锅汤，尽心尽力地把上面的浮油去掉，听汤锅歌唱，晒黄昏的太阳，读一本闲书。

富足不一定是有钱的时候，却一定是有闲的时候。如果心不能静，再多的钱，也不会造就富足的感觉。

3

夏天我喜欢自己做冰棒，我做的冰棒叫"小羊丸子"。工具是一个水果挖球器。西瓜、香瓜、哈密瓜、火龙果、奇异果等等，被挖成一个个小丸子,用细竹签串起来,单独包装在保鲜袋里,冻成冰就是小丸子冰棒,纯天然无添加。

新疆无核白葡萄、无核红提,是天生的小丸子。直接洗干净,用小竹签串起来,冻成 mini 小冰棒。女儿最喜欢吃的就是这种冻葡萄粒。而我,最爱冻榴梿。榴梿整块挖出来,加一点淡奶油,搅拌均匀,放进冰箱,两个小时后,就是纯正的榴梿冰淇淋了。即使不加淡奶油,冻榴梿也有冰淇淋的口感。

榴梿很神奇,一种水果把人类分成了两队。做冻榴梿,冰箱是要遭点罪,就欺负它没鼻子。

什么是富足?就是夏天能吃到自己做的冰。小丸子是粗糙款,我身边有些大咖,可以做出比市面上卖的冰淇淋更美的水果冰。手作的魅力是时间换来的,费的工夫越多,产品出来时,你越觉得自己富足。所以,富足还是一种创造力。

人类与动物最大的区别,是我们可以在创造中获得巨大的成就感。世界上绝大多数的人,即使孜孜以求,也无法创造出一个新世界,只能守着自己的一亩三分地,在微小处耕耘。可是,当一片红心火龙果被做成猫头冰棒的样子,塞给不爱吃水果的孩子,他满足的表情会提醒你,你是一个富足的人。

所以，懂得在生活细微之处，创造不一样的新鲜感，愉悦自己，就是富足。

最好的时光刚刚开始

文·何亚娟

还记得二十七八岁时,我对三十岁曾有隐隐的担忧和恐慌,最担忧的就是衰老,担心某一天看镜子时,脸上会多出几道皱纹,担心生孩子后身材走样,担心青春不再。

后来,问了身边的女性朋友,问她们在三十岁到来之前是什么样的心境。有人说不甘心,不甘心马上就三十了,不甘心青春年华就这样逝去;有人说很恐惧,因为还没对象还没结婚,担心过了三十就嫁不出去了;有人说很担心,结婚了却还没怀孕,担心被双方家庭催着生孩子……

我也咨询过身边的男性朋友,对三十岁有没有那么恐惧?他们多数都表示没太大感觉,甚至有些人还说,三十岁对男人来说,好时光才刚刚开始。他们不畏惧衰老,他们觉得岁月会赋予他们身份、地位、财富和力量,单身的会吸引到更多女性的目光,已婚的会让家人生活得更好。

而女性之所以对三十岁有一份天然的畏惧,只是因为女性比男性更爱美,更在乎自己的容颜。其实,女性畏惧的不是年龄本身,畏惧的是伴随着年龄流逝的青春容颜。

作为女性,站在二十岁的尾巴上,遥望三十岁的门槛,我们都或多或少有担忧,很少有人能做到那么坦然。

其实,每个年龄段都有它的美好,只要珍爱生活,能够做自己喜欢的事情,每个年龄段都会散发出它独特的光芒。

二十岁到三十岁之间,我们寻找爱,寻找喜欢的人,寻找喜欢的事情。这十年,我们在磕磕绊绊中成长,在迷茫中寻找同类、追逐梦想。这一段旅程多数时候是孤独的,然而这段时光也是非常珍贵的。青春稍纵即逝,绝对挥霍不得。

三十岁到四十岁之间,我们用前面十年的积累,和喜欢的人一起做喜欢的事情。喜欢的人不一定是异性朋友,也可以是闺密。

当你对年龄感到困惑迷茫的时候,可以为自己找一些榜样人物,你就会发现每个年龄段都有它的动人之处。

赵薇告诉我们三十岁并没那么可怕——她三十九岁,岁月让她褪去了"小燕子"的青涩,沉淀的是女性的成熟魅力。她的身份也发生了转变,不只是单纯的演员,她还成功转型为导演,执导的首部电影《致我们终将逝去的青春》票房口碑双丰收。她还斥资买下法国某酒庄，成了酒庄庄主。她还入股几家影视公司，成了影视公司股东之一。她不但事业风生水起，她的家庭经营得也很好，老公对她疼爱有加，女儿小四月活泼可爱。

刘若英告诉我们四十岁并没那么可怕——她唱过《为爱痴狂》《很爱很爱你》等脍炙人口的歌曲，演过《少女小渔》《天下无贼》等优秀电影，和陈升流传过一段师徒佳话。这个清新淡雅的女子勇敢追逐事业和爱情，如今她四十五岁，唱歌演戏两不误，收获了一份美好的爱情，孕育了新生命当起新手妈妈。洗尽铅华，她依然是那个由内而外都散发着美丽气质的奶茶。

刘嘉玲告诉我们五十岁并没那么可怕——她五十岁，仍活跃在大荧幕上，拿奖拿得手软。她仍然美丽性感，她还让我们懂得了什么叫作优雅。她和王菲的友情让我们明白什么叫作患难与共。她和梁朝伟的爱情历经岁月的沉淀，已然成为传奇。五十岁依然能够做自己喜欢的演艺事业，身边有爱人和闺密陪伴，这是多么暖心幸福的时光。

林青霞告诉我们六十岁并没那么可怕——她六十岁，虽然早已隐退影视圈，却凭借曾经的影视作品成为无数人心中的女神。她在四十岁时和邢李源结婚,此后过着相夫教子的平淡生活。五十七岁时,她出版了第一本散文集《窗里窗外》;六十岁生日之际,她出版了第二本散文集《云去云来》。她把她美妙的人生沉淀在文字中。素来低调的她在六十岁时为时尚杂志《ELLE》拍了一组写真,举手投足之间,尽显霸气、美丽、优雅。看到忍不住要慨叹:美人依旧!永远的女神!

摩西奶奶告诉我们七十岁并没那么可怕——摩西奶奶原本是一名普通的农妇,以刺绣乡村景色为乐。她七十六岁那年,因关节炎不得不放弃刺绣,开始绘画。这正是她人生的转折点。也是这时她才发现,绘画才是她最喜欢做的事情,从此把时间和精力都花在绘画上。她八十岁举办画展,之后画了二十年,一直画到生命的尽头,成为闻名全球的风俗画画家。她说:"做想做的事,永远也不晚,哪怕你已经八十岁了。"

杨绛告诉我们一百岁并没那么可怕——杨绛先生一百零四岁时,仍然在阅读、写作,在文字的世界里徜徉。她的写作事业方面可以用"著作等身"这个词来形容。她写了《洗澡》《我们仨》等脍炙人口的作品,她和钱钟书先生举案齐眉、相濡以沫的爱情令世人称赞,她已经走到人生边上,却仍然笔耕不辍,把她宝贵的经验和智慧与世人分享。她在《走到人生边上》里写道："人寿几何,顽铁能炼成的精金,能有多少?但不同程度的锻炼,必有不同程度的成绩;不同程度的纵欲放肆,必积下不同程度的顽劣。"

每个年龄段都有它的美好之处,只要坦然接受岁月的洗礼,活在当下,用心感受每一刻,做自己喜欢做的事情,就会忽略时光的流逝,而全然享受每一刻的愉悦心情。

青春固然可贵,拥有吹弹可破的肌肤和性感的身材,然而容颜易老,青春易逝,多修炼自己的内在气质,才能抵挡岁月的侵袭。

如此,随着时光的流逝,我们增长的不只是年龄和皱纹,更是智慧和从容。

只有充满智慧,让内心的世界变得强大,我们才能笑对时光,才能在每个年龄段开始时,对自己说一句:最好的时光刚刚开始。

你是什么样子，
你所看到的世界就是什么样子

文 · 卡西姑娘

前几天去客户那里开会，听对方讲了这样一件事。他去英国旅行，在地铁上与一家三口紧挨而坐，对面是一个白发老妇和一个年轻的男孩。男孩大概太困了，一直打瞌睡，一不小心手机从手里掉了下去，男孩惊醒之后可能觉得不好意思，低头点了点手机，然而没几分钟，又睡着了。如此，手机掉下来了好几次。

男孩身边的老妇露出调侃的笑容，旁边的一家三口也窃窃私语，说这么困还出来干什么多丢脸之类的话。

客户说，依照他的留学经验，这个小伙子应该是去打工，可能是他的第二份或者第三份工。

就算不是，这又有什么可笑的呢？同一件事情，那几个英国人尚且是一国同胞，他们看到的是这个男孩的不体面，而我们的客户看到的是一个年轻人可能由于努力而疲惫的样子。

> 你是什么样，你的眼界就是什么样，
> 你所看到的世界由此而来。

客户讲这件事情的缘由是他方与我方在方案上有了分歧，秉着求同存异、友好合作的原则，我们岔开话题聊了会儿别的。我在做会议纪要的笔记本上写下这行字：你是什么样，你的眼界就是什么样，你所看到的世界由此而来。

这让我想起曾发生在我身上的一件事情。大概是三四年前，我因为要离开北京，向当时所在的公司申请离职。主管挽留未果，于是跟副总特批了允许我在家办公。这无异于一个令人振奋的消息，我一嘚瑟就在空间里发了个状态。不到五分钟，一个女同学就跑来问我什么情况，我告诉了她，然后就引发了一场结束我们同学关系的恶战。

她先是用讽刺的语气跟我说："哎呀，面子这么大，你们老板很器重你啊，怎么对你格外照顾？"一顿啰唆之后，又跑到她自己的空间发了一条说说，原句我忘了，大意是"某某怎么那么能装，多大点事也值得炫耀，太虚荣了，有什么了不起"。我就怒了啊，那会儿我脾气哪有现在这样好，就把她拉黑了。

本来我没有刻意关注过她，权当一个普通同学对待，这件事情之后，我回想了一下，貌似她还挺关注我的：我有什么心情就发在空间里，我不更新状态的时候她都会来我空间，我稍一更新，她便一天数遍地来；我买了车，她来问什么牌子、多少钱，然后跟我豪言壮语要买什么什么车；我谈恋爱，她来问我男友多高啊、帅不帅、做什么工作、有没有照片、一个月挣多少；我上班，她来劝我别上班，家庭孩子最重要，问题是她劝了我之后自己却发表言论说想上班……好吧，同学，你成功地引起了我的注意，啼笑皆非。

你看，她关注我只是为了跟我作比较，我甚至还厚颜地想过这难道就是传说中的"羡慕嫉妒恨"？然而我是多么平凡的人啊，与我相对比有什么意义？她无非就是希望我过得不如她，见不得我比她得意。

另外一个女子，我叫她泡芙小姐，因为我们熟识了之后，她每次都带泡芙给我吃，她自己亲手做的，酥脆的外皮，中间加的是抹茶味的奶油。关键是什么呢？泡芙小姐不但会做泡芙，还会做马卡龙、提拉米苏。更关键的是什么呢？泡芙小姐写得一手漂亮的小楷，她简直是我的女神。

那会儿我还上学，在我听着"难道爱一个人真的有错吗"这一类网络流行歌曲的时候，女神已经在听贝多芬交响曲了；在我还不知道炒菜要怎么放油盐酱醋的时候，女神已经把日子过成诗了，多么精致。于是，我痛下决心多读书，多了解学校外面的世界，她也一度成为后来我热爱烘焙的动力。也是在那一年，我一个人去了大连旅行，回来之后还特意写了篇关于大连建筑的文章。

后来，女神要出国了，临走时她特意约我出来说："妹妹，我要去看看外面的世界了。"她送了我很多书，她说，如果看不到现实中的广阔，就多看看书里的广阔。

你看到的是孩子的进步、老公的优点，你就有可能成为贤妻良母；你把普通的一道菜做出好几种花样来，照顾孩子的同时也把自己"捯饬"得气质优雅，那没准你就慢慢修炼得上得厅堂下得厨房了；而如果你看到的是宇宙万物，你会觉得身边琐事渺小，红尘俗世都是自寻烦恼。你善良，就会觉得这个世上还是好人多；你空虚，就会专门去挑别人的缺点来和自己的优点作比较，从而找到优越感；你嫉妒，就会希望你关注的那个人处处不如意，处处比不上你；你羡慕，就会努力改变自己，想去成为跟对方一样优秀的人。

你眼睛所看到的地方，直通你灵魂深处，映射出你潜意识里的观念和思想。这些思想或导致你成为不好的人，或促使你成为更好的人。

网上有句话说：一个人越缺什么，才越会去晒什么。后来有人反驳说应该是这样的：一个人越在意别人晒什么，说明自己内心越缺什么。一个人内心是缺失还是丰富，从他对别的人和事的态度上，多少是能看出来的。正因为你本来就是这样的人，你才会用这样的态度跟看法去评价别人。

你的眼界，就是你所看到的世界。你看到的世界，由你内心而来。

能够掌控人生的人，
从不活在 PS 里

文·李爱玲

今年在一次沙龙活动中认识了一位萌妹子，二十出头，人靓嘴甜，活动结束后她加了我的微信，姐姐长姐姐短地叫着。几个月后，她找我帮她介绍工作，我才知道她现在做文员，所在的公司的确属于夕阳行业，规模小也没发展，近两年一直半死不活地维持着。

我问她 Word、Excel、PowerPoint 都能熟练应用吧，她说都会。我给她发了一份商务资料，让她做成 PPT 发给我看。三天后，她在网上支吾找我："姐姐，我做得不大好，你先看看？"我打开之后被晃得睁不开眼，差点一口老血喷到屏幕上。

我给她的是一份港口介绍，她配了花里胡哨的卡通背景，做了画蛇添足的特效，五颜六色的气球飞入飞出，港口地图被拉得变了形，还有五六处明显的错别字。我几乎不敢相信这是一个做了三年文员的人完成的PPT，我回绝了帮她找工作的请求，并提醒她要去学习，多积累，至少掌握一门过硬的技能。

一段时间后，我看到她发的朋友圈，图文大意是："明天正式到某外企做行政前台，新的开始，为自己加油"。而照片里她的身后，是一地的瓜子皮和乱糟糟的被子。过了大概半年，她因为英文水平迟迟没有进步而被外企末位淘汰，再一次苦恼地来找我，让我给她的职业规划支个招。坦白说，我并不讨厌这妹子，长得美不是错，只不过她太贪玩臭美。可年轻的时候，我们谁不贪玩臭美呢？所以，我和她坐在星巴克，给她讲了小许的故事。

小许是我刚参加工作时认识的姑娘。我们年龄相当，她所在的公司是我们公司的重要客户，她每周会在固定时间到公司找我取业务的相关单据。那时我们都是二十出头的普通小职员，联系多了就自然变得熟络起来。

小许个子很矮，又胖，显得腿更短，土土的齐刘海，普通话发音带着浓重的山东西部口音，脸上散落着星星点点的雀斑。那时候我们清一色单身，下班后无所事事，年轻的男女同事经常聚一起吃饭，因为公司内部不允许谈恋爱，大家就互换资源，热衷于把自己的同学、朋友、客户介绍给彼此，促成一对算一对。每当提到小许，小伙子们纷纷摆手，互相推诿：我不要，留给你，你去追！

出身农村，长相普通，无名小卒，身边也没有七大姑八大姨给张罗，小许那几年一直单着，因为无牵无挂，她大多数时间都在工作。同事有事她帮忙替班，突发状况她主动加班，紧急业务她挺身顶上。她们公司规模很小，她一个人几乎承担了大半的杂事：送单据、对账单、跑海关、去商检。时间久了，大家都赞她敬业，也照旧拿她的身材调侃，"小短腿儿跑得还挺麻溜"。

后来我才知道，小许中专毕业，家里经济困难，得到这份工作她倍加珍惜。因为学历低，又没有过硬的技能，她省吃俭用攒钱报了韩语培训班，一学就是三年。

一年后我工作调整，离开了业务部门。后来听说小许升职的消息，从跑腿打杂的无名小辈，到小组长，再到业务主管。靠着多年的坚持，小许的韩语已达到专业水平，不但能交流自如，还因此得到多次去韩国洽谈的机会。

语言优势加上她踏实积累的业务经验，四年后，她的韩国老板把中国公司的管理全部交给了她。尽管整个团队不到十个人，但她兢兢业业，打理得井井有条。

2009年我工作调动离开了原来的城市,和小许彻底断了联系。那年经济危机,行业一片风声鹤唳。小公司因资金链断裂死掉一片,大公司因不堪重负纷纷裁员,我们也靠着一系列的改革举措才得以度过两年的市场低迷期。去年我重新回归业务,微信里加上了许多合作伙伴和客户。

某天在一个客户的朋友圈里,竟发现了脱胎换骨的小许。照片中,她和几位韩国客人在参观保税仓库,她不再是土肥圆,褪去了乡土气:身量纤纤,妆容精致,韩式波浪卷发,灰色职业套装。身材依旧矮小,气场却明显强大。若不是当初同为黄毛丫头时的深厚感情,我几乎完全认不出她。

忍不住截屏问客户这美女是谁,客户回复××公司的许总。这位许总,真的就是当年那个被我们调侃的小短腿姑娘。经济危机那年,她所在的韩国公司倒闭,老板跑路,她拉着几个人的队伍成立了自己的公司。破釜沉舟,九死一生,把自己仅有的一套小房子拿去做了抵押,再难也不拖欠合作方的账款,靠着一股拼劲和良好信誉,熬过了最难的前两年。如今她的公司风生水起,已将总部定在上海,成为业内规模不大却颇有名气的私企。

讲完这些,我向萌妹子坦言:"你知道我设置了不看你的朋

> 朋友圈可以容忍P过的照片，生活却不会容忍你长久地自欺欺人。

友圈吗？"她忽闪着浓密的韩式睫毛："啊，是因为我做代购吗？我只是想搞个兼职赚点钱。"是的，这没有错。但你的代购是今天卖面膜，明天做彩妆，后天是精油内衣，大后天是澳洲保健品，你自己一知半解，走马观花。你的朋友圈，除了"集赞可免费拍写真"，就是"转发朋友圈可体验最新韩式离子烫"，外加千篇一律的放大了眼睛、磨白了皮肤、拉长了比例的美颜自拍。

如果你大学毕业三年，没再完整地读过一本书，如果你每天花两三个小时逛某宝，更新最频繁的是衣服、手机、男朋友，那你找谁给你做职业规划都没用。我一口气说完这些，她低头搅咖啡，不再说话。

其实，我又何尝不是在说曾经的自己。我二十几岁的时候还没有美图秀秀，只有Photoshop。我用自学的蹩脚技术处理自己的照片，抹平痘痘，隐藏黑眼圈，修整大饼脸。当各种软件横空出世，前置摄像头的美颜模式自动给你一脸白皙无瑕的皮肤，"一键美颜"的按钮瞬间就能把十几年流失的胶原蛋白全补回来。

可我已经过了玩这些的年纪。我知道了真正的马甲线背后都是挥汗如雨，真正的"紧致瓷肌"都离不开内外兼修的调理和养护，而能够掌控生活的人，从不活在PS过的人生蓝图里。

在美颜的高科技里,我们照花前后镜,花面交相映,看自己美不胜收。沉醉过后,生活这面真实的镜子,瞬间将我们打回原形,见识的浅薄、能力的短缺、格局的狭促、思维的刻板、视野的局限一览无余,比脸上的痘斑、腰间的赘肉、粗短的小腿更让人不堪。

朋友圈可以容忍P过的照片,生活却不会容忍你长久地自欺欺人。

你知道"主要看气质",就该明白唯有才学能让你"腹有诗书气自华"。

萌妹子若有所思地点着头,不知道她是否真的懂。

其实我是想告诉那些和她一样的年轻姑娘,二十几岁,真的是给自己增值的最好时光。你若懂得把握,就不必和我一样,孕期里忍着孕吐去考资质证书,一把年纪之后又决定从头学英语。我的学霸闺密说:"学习这条路,该吃的苦是有总数的,前面不吃,后面就得补。"

我们最后过上的,都是与自己能力相匹配的生活。这事,什么PS也帮不了你。

总有一天，
你会不再担忧的

文·卢思浩

1

你是午夜赶路的乘客。

你没有想到凌晨的机场依旧人山人海，人人脸上写着疲惫。你找个空位坐下，然后听起那么一首歌。没有人跟你同行，没有人跟你说话。

你跟朋友发着微信，想着前不久还在一起疯闹，想着要有很久没办法见面。回忆开始往上涌，没办法克制。

你等了一个小时，飞机还是没有要飞的迹象，你叹口气，心想得打起精神，万一过会儿就飞了呢。

终于，微信另一边的朋友要睡觉，你的电影也看完了。你揉揉眼睛，止不住地头疼。

你开始想念家里的猫，不知道它现在怎么样。

在机场等一架不会准点的飞机，像是连上一个信号不好的Wi-Fi，你焦虑不安。

2

你是异国他乡的旅人。

你终于收拾好行李，房间依然有些凌乱，墙上贴着喜欢的海报，厨房放着切了一半的柠檬。似乎终于可以对自己说一句，这样可以算是长大了吧。好在有高科技，你可以随时跟父母报平安，说了那么几句，你说自己要睡了，就没有再聊下去。

你躺在床上，可怎么也睡不着。

你对未来充满憧憬，可又隐约有些不安。你告诉自己未来的日子要靠自己啦，给自己制订一个计划。比如每天要去跑步，比如每天要给自己做饭，比如接下来每天都不迟到。你想着，这么充实总不会难过。

电灯坏了自己修，电费也要开始自己交，朋友还在大洋彼岸，喜欢的人不知道在哪里，但好像也没什么关系。

就这么开始一段新的人生吧，你告诉自己。

终于，你沉沉睡去。

3

你是午夜做题的学生。

你对着答案，发现怎么曾经犯过的错又犯了一遍，你暗骂自己怎么那么笨，对自己又少了一些信心。

你看着自己的目标，怎么当初看起来触手可及的东西，现在差之千里？

你看看手机锁屏，看到了自己的男神女神，花痴一会儿，决定继续战斗。

有时你也怀疑自己为什么要这么选，为什么要考研，为什么要去一个更远的地方。你有时也觉得累，想要把眼前的东西全部撕掉，眼不见为净。

未来在哪里呢？你自己也不知道。

后来，你一次次凌晨五点看着天亮，也想要在朋友圈分享自己的心情，可又怕别人说你矫情说你装。原本有一万句想说的话，可永远词不达意,最后一行行写下的话一键删除。

我们深夜失眠,我们白日昏厥,我们终究习惯无话可说。

4

我跟你一样。

我们常会莫名地孤单,觉得自己像个局外人。我们不得不面临分离,曾经的信誓旦旦变成说说而已,曾经的永远变成瞬间,曾经的陪伴变成离开。

你跟我一样。

我们都是用自己的方式活着的人,尽管这些东西别人可能难以理解。可我们还是宁可一个人生活,也不要活成自己不想要的样子。

其实仔细想想,为什么我们会离开家,选择一个陌生的地方生活奋斗。没有人逼你每天背单词背到头痛背到天亮;没有人逼你为了递一张申请表跑东跑西;没有人逼你离开家乡去一个陌生的地方。可是,你还是义无反顾地这么做了。

因为我们不甘心,我们想要自己的生活更多姿多彩。因为我

> 因为我们之前生活的地方，放不下我们的梦想，
> 我们想要了解这个世界。

们之前生活的地方，放不下我们的梦想，我们想要了解这个世界。因为我们的心里，始终放着我们的梦想，始终不想要放弃。因为我们年轻，我们想要拥有得更多。

5

你是看着这篇文章的读者。

我们在故事里把酒言欢，所以，我知道有些时刻你曾觉得过不去了。有些回忆就是那样了，定格在过往，沉睡在梦里。春雨生百谷，黑夜生千愁，全部都要自己去消化。

时间改变的不是过去，时间改变的是你对过去的看法。

或许我们觉得那些幸福的时光，当时经历时一样是痛苦的，只是回想起来才觉得幸福。或许很久以后我们回想起自己曾经度过的人生，没有谁能够得到完整的答案。但，那又怎么样呢？至少你得坚持过，才能有天站在更高的位置回头看。

一天天，我们好像毫无改变；一年年，我们却又改变了这么多。

每件事到最后一定会变成一件好事，如果不是，说明还没有到最后。

乘客最后踏上归途，旅人最后落叶归根，学徒最后修成正果，故事最后笑着讲述。

所以，最近过得不好吗？那些人又在背后指点你，感情的事情又让你头疼，工作总是不顺心？总有一天，我们会不再担心这些的。

这是我现在，可以很安心地对自己，对你们说的话：总有一天，会不再担忧的。

对自己有要求的人，
运气都不会太差

文·米格格

1

读高中时，班里有一个另类的"牛人"。他每天脚踝绑着沙袋，一路跑到学校，到教室的时间夏天是六点三十左右，冬天是六点四十五左右，放学后再负重跑回去。整整三年，他都是这么过来的，风雨无阻，雷打不动。

那会儿，大家都觉着这家伙是铁人，每天那么多功课压得人都透不过气了，他还有时间负重拉练，真是不嫌累。大家早就知道他是体育特长生，但没人关注他练的是什么，他也不说。到毕业前夕的聚会上，班主任让他来一段表演，我们这些自诩聪明的懒人，真真是被他的表演亮瞎了眼。原来，这哥们儿练的竟然是太极拳！

虽然大家对太极拳一窍不通，可他的一招一式着实让在场的所有同学都感受到了太极的魅力，真的是刚柔并济、行云流水，急缓相间、收放自如。高中三年，他的学习成绩只是中等，且属于天资不太聪明的，偶尔向老师提问，让老师都摸不着头脑，不知如何作答。多数时间，大家只是觉得他憨厚可爱，总是拿他打趣。可是那一天，他却用完美的太极表演，堵住了一张张嘲弄调侃他的嘴。

在那一刻，有多少人涌起了自愧不如的感觉，我不得而知。我所知道的是，那个眼睛笑眯眯的，像阿甘一样每天奔跑的憨厚男生，在我心中的形象瞬间高大起来，我对他产生了强烈的敬意。

三年来，在没有人监督的情况下，他靠着强大的自律克服懒惰、懈怠，排除恶劣天气的干扰，默默地为了心中的目标去努力，不消耗时间与人争论，不浪费精力做无谓的解释。高考之后，他以优秀的专业成绩和高出录取分数线的文化课成绩，考进了理想的大学。

那一届的同学里，比他天资高的大有人在，想走体育特长生的也很多，可最终能在所选专业上考出好成绩且拿到奖项的人，屈指可数。衡量一个人优秀与否，不只是看他本身具备什么样的才华,还要看他能在多大程度上克制自己。没有自制力的人,是不配谈理想的。

2

瑶瑶以前是专业运动员,练过五项全能,曾经去法国参加过比赛。后来,因为运动负伤,无法再继续训练,就退役了。她跟我说,训练最狠的时候,整个人会一下子掉两三斤的体重,基本上每天过的都是"苦行僧"一般的日子。

退役后,没有了硬性的训练安排,也没有了教练的严苛要求,瑶瑶却一直在坚持锻炼。除了户外骑行和游泳,她还会在健身房慢跑90分钟,再上一节瑜伽或普拉提。我在健身房认识她的时候,她已经在那里坚持练了两年。

瑶瑶说,有的运动员退役后,彻底抛弃了运动。结果,体重暴涨,身材走样,机体出现了诸多的毛病。选择自主锻炼,是为了让身体逐渐适应缓慢下来的节奏,避免在宽松的环境下暴饮暴食。只要这件事对自己是有益的,就算没有人要求你、监督你,也要自觉地去做,必要的时候,还得开启"把自己逼疯"的模式。

现在的瑶瑶,被原来的运动队返聘做游泳教练,虽不是专业运动员了,可一样在喜欢的领域发挥着自己的特长。

向来不喜欢去谈高大上的励志人物,自己觉着远,听的人也觉得远。其实,就在那些离我们很近的人身上,往往就能领悟到优秀的意义。优秀的人,无论环境多宽裕、多舒适,都会对自己有所要求,时刻保持一种自律的习惯。在短时间内,这种自律所带来的变化微乎其微,但假以时日,却能让自己与周围的人拉开长长的距离,收获一份惊喜。

3

卡卡姐是我在职场里遇见的第一位导师。称她为导师,只因在她身上看到了珍贵的东西。

很多公司都有偷奸耍滑的人存在,领导安排了什么就做什么,马马虎虎交差就行,多一点儿都不愿意主动去做。卡卡姐不一样,她给自己定的标准从来都是超出合格线的。就拿做报表来说,不是随便把数据一堆,确认没什么问题就交差,她会考虑:报表是否清晰一目了然,是否还有修改的空间,能不能换一种更直观的

> 他们只是在任何一件小事上，都对自己有所要求，不因舒适而散漫放纵，不因辛苦而放弃追求。

方式来表现，从数据中能总结出什么。

这些事情没有人要求她，就算不去做，也没什么大问题。可卡卡姐却说，你要想做得比别人好，就不能只求达标，得给自己定个高标准，这样才有学习的动力，保持清醒的头脑，知不足而后起直追。要是什么事都只求一个"混"字，迟早有你混不下去那天。

卡卡姐只比我大三岁，销售业绩却很棒，后来还成了公司里最年轻的培训讲师。在新来的同事眼里，这姑娘是领导跟前的红人，是公司里拿奖金数一数二的主。而我眼里的卡卡姐，是那个把客户回访和追踪做得最详细的业务员，是下班后还在整理培训素材、制作PPT的好讲师，是周末还不忘充电和锻炼的达人。

4

那天，我在网上看到一幅雕塑画，上身是一个穿着运动背心、露出人鱼线的美少女，下身是露出肥胖纹和脂肪的笨重双腿，那姑娘的手里拿着锤子和凿子，正朝着肥胖的地方一点点雕琢。这画面印在我脑子里，久久不曾散去。

当一个人对自己没有要求的时候,他就没有资格对世界提出要求。每一个优秀的人,都不是一出生就带着光环的,也不一定是比别人幸运,恰逢了更好的机遇。他们只是在任何一件小事上,都对自己有所要求,不因舒适而散漫放纵,不因辛苦而放弃追求。

雕塑自己的过程,必定伴随着疼痛与辛苦,可那一锤一凿的自我敲打,终究能让我们收获一个更好的自己。

给差生一点时间，
让他变成你喜欢的样子

文·苏心

小区新开了一家超市，是两个刚毕业的大学生自己创业。开业当天，我去买菜。人太多，两个人根本忙不过来，出了不少错。

我买了两根黄瓜、几个西红柿，一结账三十多块钱。我差点怒了："你家的菜是黄金的吧，这么贵？"他们连连赔不是："对不起，对不起，按错小数点了。"我无奈地吐出一口气，唉，这种店下次我还怎么来？

后来，老公去买过两次东西，回来说这家店不错，就是刚开业还不太熟，可是那两个年轻人很走心，商品都精挑细选的，价格也公道。我们应该包容一下，给人家成长的机会。

我装作夸张的表情跟老公说："你好伟大呀，我差点断送了人家的前程。"老公憨厚地笑笑："我们要有点耐心，谁都从手忙脚乱的青涩时期过过。"

咦，这话好耳熟，好像母亲也说过。母亲去世前一年，基本都是在医院里度过的，第一次输液时，遇到一个毕业不久的实习护士。小姑娘人长得甜，嘴也很甜，总是笑着说话。给人扎针时，手法轻柔，就是扎得不太准确，老是几次才能扎好。看着母亲手背上的血，我非常心疼，气呼呼地嚷："你这是拿我们练手呢？！"小女孩面红耳赤，一句话不敢说。

母亲嗔怪我："哪那么多事，我这皮糙肉厚的又不疼，孩子，扎吧，我都不怕你怕啥！"小姑娘怯怯地看看我不敢扎，我赌气走出病房。等回来时，母亲和那女孩有说有笑，药液早已输上。

小护士出去了，母亲和我说："人家孩子刚上班，出点错是难免的，你也在医院实习过，难道都忘了？"

怎么能忘呢？我是医学专业毕业，当年在石家庄两家医院实习过。记得在心电图室实习时，里面有三位女医生，脾气差别很大。主任家教很好，透着一股与年龄不符的慈爱。另外两位要凌厉许多，除了支使我干活外，基本不理我。

每次有病人做完心电图，我看着那些上上下下的曲线就一脑子糨糊。小心翼翼地向医生请教，那两位大多一脸不耐烦地说："你们老师没教你吗，自己拿课本去对，我要是手把手教你还不累死？"

主任就不一样，她会让我一段一段地把那些曲线剪下来重新贴好，然后耐心教我："这样的是房颤，这样的是二尖瓣狭窄，这样的是心梗……"

我在内科实习时，有一位姓郝的医生，像对自己孩子般对我。我经常因为睡懒觉顾不上吃早饭，每天都急匆匆踩着上班的点跑去医院。郝医生一手好厨艺，经常把自己做的早点带给我吃。

在内科实习的那段日子里，郝老师手把手地教我专业知识。每天早上来了病人，她总是让我先询问病情，然后做初步诊断，她再确诊。几个月后，郝医生办了退休手续，离开了那家医院，我们从此再未见过面。

年轻的我，当时并没有想太多，只是觉得郝医生人好。其实，我只是一个外地的实习生，不过是她生命中的一个过客而已，她本可以用应付的态度待我，但却给了我那么多。

初出校门，我怯怯地走向社会，不知迎接自己的会是什么。那段最初的日子里，我见过人心险恶，也感受过太多的美好。那些险恶成了我成人礼的必备节目，而那些温暖则犹如在我胆怯时递过来的一双有力的手，给了我面对未来的信心和勇气。

实习一年，各科室带过我的医生足有几十位。如今，他们大多面容模糊，只有那位心电图室主任和郝医生仍令我印象深刻。虽然我最终并没有从医，辜负了她们曾经的倾心相授，但我一想到她们，就会有流泪的冲动。

我们都曾青春年少，也曾青涩懵懂。给差生一点时间，让他变成你喜欢的样子。

一句担待，一份包容。时光飞逝，太多的往事呼啸而过，沉淀在心底的一定是这些温情。哪怕他心里有过怨有过痛，走到最后，也都会淹没在时光中。唯有那些对他好过的人，那些温柔待过他的事，会被他带着走过一程又一程。

苦，没什么可炫耀的

文·余点

这两天脑子里总盘旋着蒋勋的一段话，这段话我一直特别喜欢："所有生活的美学旨在抵抗一个字——忙。忙就是心灵死亡，不要再忙了，你就开始有了生活美学。"

大家都在忙，忙仿佛成为意义的代名词。如果今天我很闲，而王老三在微信朋友圈发出了"每天只能睡四个小时""忙到半夜"这种信息，那么我貌似就被他远远甩在了身后。

如果别人早起赶飞机，夜晚不休眠，于觥筹交错中识朋友、拓人脉，而我只是在家喝喝茶、看看书，我是不是就堕落了？这是很多人内心的问题。

于不知不觉中，很多人丢掉让自己舒服的生活方式，扶着眼镜遍地去找另一种生活方式。

说实话，我的视野里不乏拼命三郎和三娘，我承认这些人的奋斗热情在很多时候为我打了不少免费鸡血。他们不顾一切，他们目光炯炯,随便一条微信就已经是最好的励志鸡汤。

但我现在越来越厌烦这种晒苦的行为了。如果你真的享受加班加点,真的沉醉于定期的发烧、头痛、打点滴,真的沉浸于没时间的优越感中,那我只能说,你不正常。

大部分正常人的追求,是精神的轻松和快乐,至少一定不是疲劳得如狗一般狼狈。可如果有人日日以苦来给自己的粗糙生活涂脂抹粉,是否太不美观呢?

当代成功学的毒害辐射面太广,其中一条就是:因为成功的人就是忙碌的人、没时间的人,所以如果我天天忙得打后脑勺,那我也约等于成功的人。

别自欺欺人了,上述假设还可能约等于你很蠢、工作效率很低;或者你做的决定多半都是错的,只能不断补救,少走弯路。

比起那些天天在喧闹中拼命、像对待陀螺般抽打自己的人,我现在更欣赏那些活得有张有弛、游刃有余的人。比如有的朋友会在密集工作一个月之后,倏然飞往欧洲度假一个月;或者推掉好几个闪闪发亮的小机会,宅在家好几天不洗脸也不社交。

我有个特别好的朋友在央视新闻频道工作,恨不得天天加班,所以没假期。但有一天,她在朋友圈晒了一张挺漂亮的油画,说是自己报了个周末油画班去学的,我一下子爱她爱得不行。她和我一样,特别反感刻意拓展人脉的、看似高大上的局,凡是有自己不喜欢的人和调调,机会再好也不去。

还有一位我特别欣赏的朋友,她的生活也很有滋味。身处模特圈,却从不受浮华习气的影响,从不拼命拢资源、造人气,把自己搞得疲惫不堪。她曾经跟我说,人可以决定自己看到什么、听到什么,有些东西,她选择不去接触,因为她觉得自己可能会受到不好的影响。

她潜心做自己的服装设计,喜欢复古风就沉浸到底。她是真的随遇而安,非常潇洒淡定,有机会就出去旅行看世界,可事业照样风生水起。前几天我发现她把新款服装带去巴黎拍摄,一边玩一边拍。

人家没下功夫吗?人家没享受生活吗?

工作永远做不完,事业可以做得一天比一天大,可是持续扩张真的是一件好事吗?

还记得前年去希腊的时候,导游跟我们讲,有一帮中国大老板跑到当地一家酒窖,跟酒窖主人谈合作,每年买多少多少箱酒,结果被拒绝了。主人说,我们每年只做这么多酒,多的不做,如果做太多，我就没时间去酒吧、去旅游了。

不仅如此，酒窖主人还把这群大老板，介绍给了毗邻的酒窖主人。酒窖主人自己不赚钱也就罢了，竟然还把钱主动送到竞争对手那儿去……可惜这只是中国人的思维方式。

现在打鸡血的机构太多，可鸡血到底哪家强？我想给大家提供的鸡血，是这样的：我们打鸡血的目的，是享受生活，是丰富人生体验，是和家人们一起咀嚼奋斗成果，而不是打鸡血本身的快感。

况且，你真的觉得自己需要那么多的鸡血吗？需要时再打，不需要时，请屏蔽。

所以相比那些每天高喊自己没时间吃早饭、没时间睡午觉、病了也没时间打点滴的人，我更喜欢悠闲地把生活安排好、除了工作还特别会开发别的有趣事儿的人。哪怕他的生产力没那么"惊艳"。

在意义太多的时代，意义少就是奢侈品。比如和一帮朋友嘻嘻哈哈地吃顿饭，笑出眼泪来；比如在别人连看画展、听音乐会都一场接一场，丰富灵魂都要生吞的时候，我则优哉游哉地选一场自己真正喜欢的去看。

> 不去拒绝生活带来的任何一种可能性，才是对待生活最好的方式。

在这惜时如金的年代，某个女人周末跑去练书法、学茶道，我就特别欣赏。既不能考级，也不能变现，就是自己玩儿的。

我正在探索更好的形式，帮助大家一起来享受生活，而不是被别人的生活标准折磨。

别再标榜自己多苦了，现在不流行这个了。

你一定得了怕麻烦这种病

文 · 王大纯

昨天在群里问了大家一个问题："除了现在的工作，你还有没有第二个技能可以养活自己？"有人说，如果不工作了，就做兼职；有人说，一点别的技能也没有，甚至连自己喜欢什么都不知道。

几个大学没毕业的学弟学妹说，他们竟然一点儿也不知道自己喜欢什么，每天除了上课，就是在宿舍看美剧、刷微博，好像没有喜欢的事；还有几个已经工作了的朋友表示，除了上班，就是回家做饭、带孩子、看新闻，好像生活里也真的没什么惊喜。

蔡康永说过，15岁觉得游泳难，放弃游泳，到18岁遇到一个喜欢的人约你去游泳，你只好说"我不会耶"；18岁觉得英文难，放弃英文，28岁出现一个很棒但要求会英文的工作，你只好说"我不会耶"。人生前期越嫌麻烦、越懒得学，后来就越可能错过让你动心的人和事，错过新风景。

而你呢，你不是觉得难，也不是没兴趣，其实你只是怕麻烦。从一开始就怕麻烦，连这种感觉难的机会都没给自己。不知不觉，怕麻烦帮你拒绝了所有你可能喜欢的事。

怕麻烦真的是一种病。同学拉你一起去看电影，你说电影院好远要转车，跑那么远太麻烦；朋友拉你去游泳健身，你说好麻烦，又要洗澡，又要带一大包衣服，长头发最后要吹干，好累；同事说一起学跳舞吧，你说最怕麻烦，每天下班之后还要跑去舞蹈教室，不去了还要请假……

结果，不怕麻烦的人都发现，这些事情真的好像都是自己喜欢的。于是，不怕麻烦的同学成了影评作者，不怕麻烦的朋友考了游泳教练证，不怕麻烦的同事变成了随时都能跳一段的舞者。

摄影、法语、长跑、写字，你怕麻烦都拒绝了；吉他、设计、编程、旅行，你怕麻烦都拒绝了；陶艺、插花、美甲、搭配，你怕麻烦都拒绝了……本来有很多发现自己爱好的机会，但是因为怕麻烦，你都拒绝了。

最后还要抱怨说："怎么有些人的人生看起来就那么顺风顺水呢？他们不仅能把自己的工作做好，还能把自己喜欢的事情顺带都做好，我连个喜欢的事都没有。"

如果要羡慕，不仅要羡慕他们能找到自己喜欢的事，更值得一提的是，最后他们的喜欢真的变成了自己的工作，并且可以靠自己喜欢的事情养活自己。

我们不需要把这些"喜欢"，像某些人一样做成专业，但最起码可以让自己更快乐。很多喜欢的事情，真的是从不怕麻烦开始的。

我表姐曾经是一个"怕麻烦"的代表人物，她过去唯一觉得不麻烦的事情就是睡觉。现在，她跨过了"怕麻烦"的第一步，学习了古筝，有时间就要弹两首来助助兴。

我的一个好朋友也是典型的"怕麻烦"代言人，让她吃点好吃的，她都会因为怕麻烦而拒绝。后来她去学钢管舞，发现自己能对钢管舞驾驭自如，最后把它当成了心头好。

再如我自己，如果一开始怕麻烦，可能也不会在这个平台写字，也就不会慢慢发现写字带给我的快乐。

我们不需要把每一件喜欢的事情都做到极致，但是在这个浮躁的环境里，有一件喜欢的事情极为重要。你可以爱做饭，爱美甲，甚至爱收拾屋子，不管爱什么，烦躁的时候，你能用这件自己喜欢的事情安抚自己，就很好。

没有什么能比自己讨好自己更快乐了。所以，如果我们得了"怕麻烦"这种病，真的得治。

当下没过好，
未来又怎么会好？

文·依娜

站在人生的分岔路口，面对来来往往的人群，看着别人在我们眼前不断地穿梭，却不知道自己该何去何从，心中有少许的无助与迷茫。

越长大，越发现我们需要兼顾的事情在渐渐地增加，爱情、职场等问题，不断挤进我们还未完全成熟的内心。当事情多得应付不过来，眼前的一切没办法得到很好的解决，内心充满了压抑时，很多人迷茫，很多人忧虑，各种各样的症状出现了。

前几天，有个读者跟我说，不知道跟男朋友还有没有未来。我问她，是出现了什么情况吗？

她说："我们两个人刚毕业不久，现在在同一座城市发展，男朋友想要自己创业，有时候为了赚多点钱，还会去摆地摊。但是，我不希望男朋友创业，希望他能够有份稳定的工作。我俩交往到现在也有4年了，父母一直希望我们能够带彼此回家，让家人过一下眼，看看对方究竟是怎样的。但是，我还是挺担忧未来的。"

我问她："那你自己是怎么打算的呢？"她说："想给他一年的时间看看，看以后发展得怎么样。"

其实，既然当下，男朋友有了自己的目标，也在为着这个目标努力，何不给他多一些信心呢？

很多恋爱中的女生，总会去思考未来的种种，继而各种担心，有了情绪，也会很容易跟男朋友吵架。其实，与其担心未来，不如好好把握现在，不要轻易把梦想寄托在别人身上。既然考虑到了彼此的未来，那么，两个人就一起好好为未来努力，当彼此变得更好了，你们的未来也不会太差的。

在职场中，也有很多人在担忧未来。

认识一个男孩子，今年毕业，现在在一家刚成立的小企业工作。他跟我说，公司刚刚起步，项目周期有点长，而且很多事情都得自己去摸索。从接手一个项目到项目完成，需要花费很长的时间，感觉这么长的时间，自己耗不起，不知道何去何从。内心很着急，就想赶快学到东西，赶快完成项目，赶快成功。

赶、赶、赶，赶着学更多的东西，赶着时间，赶着寻找出路，赶着成功。

想起一个咖啡饮料的广告，文案是："赶第一班公交，赶最后一班地铁，赶稿子，赶会议，赶进度，赶在过年前带个女友回家，赶在情人节把自己嫁出去，花一辈子时间，赶时间？"

这应该是很多人的状态，一直在拼命地赶，却没有办法好好地过好当下。我们总是担心以后来不及，所以不断地追赶，而在追赶的过程中，却不断陷入迷茫，失去了方向。

■

看过一期节目，是杨澜采访乔丹。杨澜问乔丹："你很多年来在各个方面都取得了成功，你的动力是什么？自此以后，你的目标是什么？"乔丹回答："我不知道，我活在当下。眼前的事每天都会发生变化。"

所以，何必去担心未来？未来每天都在变化，我们没办法预测,唯一能过好的,就是当下,着眼于眼前。

人生最坏的结果,并不是未来过得不好,活成自己不喜欢的样子;而是当下拥有变得更好的机会,可是,你却在担忧中错过了改变的时机。

所以,不要把最美好的时光,拿来杞人忧天。踏踏实实走好当下的每一步,才是最要紧的。

房子也许是租来的，
但生活不是

文·周宏翔

十月的时候，松松搬了第三次家，这是在上海工作以来最伤筋动骨的一次，或许是待的时间长了，行李由一个变成三个，三个变成五个，完全成倍增长。直到筋疲力尽把所有东西扛进屋子里，松松给我打了个电话："天，我终于知道我为什么找不到男朋友了，我简直就是自己的男朋友，我竟然靠自己搬完了东西，从浦东到北新泾，简直要疯特了！"因为房东要卖房，即使松松出再高的价格，对方也不租了，最后那一两个月，房东隔三岔五带人看房，松松也是受够了，二话不说，终止了合同，跑回自己曾经最熟悉的北新泾找房子，也不管从东明路到北新泾到底有多麻烦。她说，这就是做人的态度。

但是，搬完家后，松松立马就穷了。她无奈地说："我这个月要还六千的信用卡，想想又觉得好无力。"每当这时我都特别吃惊，六千，为什么，在我和她工资相当的日子里，我一直无法理解为什么一个月可以用掉这么多的钱，"你还了信用卡不是要喝西北风啦？"松松说："那怎么办呢，总不能亏待自己啊！"

像我和松松这样的年轻人，二十五六岁，有稳定工作，出入高档写字楼，经常出差飞来飞去，相比于许多的同龄人，都有着难以掩饰的优越感，但是，每当我一聊到身边的同学，很快就道出不明所以的感慨来："虽然别人在小地方只有三千来块工资，说实话还不够还你信用卡一半的消费，但是，别人已经买房买车啦，就算是借的父母的钱也好，朋友的钱也好，靠山吃山，靠水吃水，结婚的结婚，生孩子的生孩子，像我们呢，外表光鲜，其实什么都没有，连房子都是租的。"

"那又怎么样？换句话说，现在给你三千块，让你蜗居在一个夜里连书吧咖啡厅都没有的小城镇，除了一两家只有五六年前老歌的KTV和几家乌烟瘴气的麻将馆以外，就只剩下跳广场舞的大妈了，你愿意吗？"松松总是这么自信地说。

去年三月的时候，松松花了一笔重金去学芭蕾舞！当时我在电话里笑了她半天，她不以为意地说："有什么好笑的，你以为你就没有什么爱好是别人不会发笑的吗？"一句话噎住了我，立马笑不出来了。

就是这样的她,可以把钱砸在练习舞蹈,学习外语,出门到处旅行,买上千的衣服,也是这样的她,在精疲力尽之后回到自己在北新泾的小蜗居里,看美剧逛淘宝淘机票。出入CBD的光鲜外表底下,是进出老工房的简单生活。

我说:"松松,你应该存一点钱,无论如何不可能在上海这么多年什么都不留下吧。"松松不屑地说道:"我存的啊,只是存得少,要是你让我工作只是为了存钱,我还不如回小地方生活呢,我为什么要生活在大城市呢,就是因为在这里我才可以体会更多有趣的东西,不是吗?"

不可否认,她说得没错。

即使如此,依旧在网上有很多人嘲笑飘荡在北上广的年轻人,说我们这样的人放弃家乡,只是爱慕虚荣,即使奋斗十年,也不可能在北上广买下一套房;即使真的有能力买下来,那多半也不是靠自己;即使真的靠自己,那多半就是拼得头破血流千疮百孔。这样一说,松松就会笑:"是吗,我为什么一定要在北上广买房呢?说这种话的人肯定是嫉妒,如果不是嫉妒,他过他的小日子,我过我的大生活,有何相关?而且,如果说这个话的是个男的,我真想一巴掌拍死他，连我这样的女生都有勇气在这茫茫人海中飘荡，他居然窝在安逸的环境说三道四，不好笑吗？"

周末的时候，松松打电话给我，说想去宜家逛逛，原本我以为只是逛，结果松松买了一张桌子，一个沙发，几卷墙纸还有若干零零碎碎的小饰品。

我扛着桌子，望着松松问："你是准备干吗？"

"不干吗啊，我那个房间太 low 了，躺在床上完全体会不到家的感觉，所以我得动工改造一下。"

"拜托，那只是租的房子好吗？"

"那又怎么样？房子是租的，但生活不是。"

从那天开始，松松一下班就开始"改造"她的"闺房"，经过一周的时间，她邀请我再去，已经翻天覆地变了样，她把旧家具都收起来，联系房东，能退走的就退走了，整个屋子简直和新家一样。

那天我和松松坐在她新买的沙发上看电影，那是安妮·海瑟薇主演的一部戏，松松抱着抱枕，说："为什么国外的人都是租房子生活，从来不会因为房子的问题去局限自己的脚步，但中国人不行？好像一定要有一套自己的屋子，落上自己名字的房产证，才可以称得上完美的人生？"

"因为有了房子，才有家。"

"什么是家？"

"有爱的人，有柔软的床，有早餐，有晚饭。"

"所以这些一定要有自己的房子才能有？"

"这个……"

"我新买的床垫很软，如果我找到男朋友，我觉得在这个屋子里，我们也可以过得很开心，我不会强求心爱的人一定要有房子，但是他必须要有一颗能够奋斗出房子的心。我不拒绝优秀的男生，但是我依旧不认为那些庸人自扰的条件是对他追求我的限制。"

后来安妮·海瑟薇演的角色在路口被车撞死了，松松竟然稀里哗啦地哭起来。

"不过是一场戏而已。"

"对啊，只是突然觉得，他们在最好的年龄错过了彼此，没有在最好的年龄好好去看看这个世界，多可惜。"

"你不要这么文艺女青年了好吗？"

"我才没有！随便感慨一下，晚上在我家吃吧，我买了菜。"

晚餐的菜很简单，我们坐在桌子两端，整个屋子气氛很好，

> 我们不能因为房子是租来的，就要把生活也过得像别人给的、随时都可以拿回去一样。

或许是松松特地"装修"过的缘故。松松的菜不能算得上美味，但是却让人觉得踏实，有那么一刻，我觉得好像我们并不是在上海漂泊的两个人，而是在家生活的好朋友，而这个屋子并没有那么多排斥我们的气息，反倒有一种格外的包容。

"周，你觉得钱重要吗？"

"就目前来说，还是挺重要的，如果我们真的没钱了，连如何活下去可能都是个难题。"

"不，如果我们真的没钱了，我们要相信我们还有能力可以赚钱，而不是坐吃等死，所以，我觉得钱并不是那么重要。"

"你下次不要总是设圈套套我进去，我都没办法反驳了。"

"唉，我只是觉得，每天睁开眼睛醒来面对的天花板，闭上眼睛安睡所在的床，可能都不是自己的，这个时候有那么一点点恐惧，因为太陌生，好像都沾染不上自己的气息，所以我非常讨厌搬家，你懂吗？"

"嗯，大概能懂。"

"但是，我觉得，我们不能因为房子是租来的，就要把生活也过得像别人给的、随时都可以拿回去一样，所以，我们在上海是来干吗呢？我觉得就是要活成另外一个自己，一个别人随时可以拿走你的东西，但是永远拿不走你生活的那个自己。丢了工作，可以找到待遇相等的，丢了爱情，可以找到一个对自己更好的，不是我们租了他们，而是我们有资格拥有他们，你说对吗？那些人说我们站着说话不腰疼，我想，根本原因还是他们没有站起来过。"

松松和我在上海三年了，在此期间，难道真的就是处处快乐的吗？并非如此。就像每一个努力活着的人一样，我们花了很长的时间去给自己充电，让自己变得三头六臂，甚至更坚强，希望每一次站在别人面前的时候，都能表现出最好的自己。也是这样的松松，一个人走过很远的路，或许没有什么目的，但是依旧会去看看路上的风景；也一个人生过病，坐地铁去很远的地方，在病房里只有自己的手机陪伴自己；也喝酒喝到断片儿，一个人昏昏沉沉地躺在床上哭泣；也有深夜的时候，一个人走到楼下附近的烧烤摊上，吃两串半生不熟的烧烤。

有一次，松松应该是去了西塘或者扬州，她就这样闲逛了一个下午，然后很开心地告诉我，那个地方，走走也是不错的。明明听起来那么孤单的话，但是她却还是很开心。

还有那么一次，一个朋友说简直受不了上海的生活，这样的日子到底有个什么嘛，除了高收入高支出，回到家连个说话的人都找不到，一点归属感都没有，简直就是浪费青春。当时松松很不客气地说："归属感又不是别人给你的，是你自己给自己的，难道你回到老家，靠着父母吃吃喝喝就叫归属感吗，你在小城市上班，自己住一套房，就不会这样孤孤单单了吗？"

松松收拾碗筷的时候，侧身和我说："周，问你一个问题。"

"你说。"

"洗澡的时候，你有仔细听过莲蓬头落水下来的声音吗？"

"额，说起来，还真的有过。"

"有没有觉得，那种声音，会让你特别平静，不管外面有多少烦躁扰心的事情，但是只要在洗澡的时候，就都与你无关，只剩下水的声音。因为那一刻，你特别清楚，没有人来打扰你，就是自己一个人，能听到自己内心的声音，我觉得，这就是生活。"

那天夜里，我们俩慢慢走到地铁口，风很大，吹得我们几乎不敢随意伸出手来，我转头说："你回去吧，风那么大。"她点点头，准备往回走，我突然想到说："对了，好像马上就是你生日了。"松松点点头："后天，我出差，没法过，所以先请你来家里吃了，简单了点，不过开心就好。"

"啊,没买蛋糕啊。"

"形式主义。"

"那你有什么愿望吗?"

"额……我想,唯一的愿望就是希望新的一年里,再认识自己多一点吧。"

人来人往的地铁口,她笑得那么灿烂,好像眼前的生活都是开在乐观主义里的花朵一样。

清晨是最好的
增值时光

文·萧萧依凡

有段时间,我连续加班。在终于不用加班的第一个晚上,我早早地爬上床去睡觉。有多早呢?比我平时睡觉的时间提前了近三个小时。

我关了手机,没设闹铃。连日来的疲惫,让我下定了决心,天塌下来也休想叫醒我,誓要睡到自然醒。

可是,早上四点多,我就醒了。常常熬夜的我,还不习惯不靠闹铃却醒得这么早。

窗外天色渐渐地亮了起来,城市依然有几分安静。我能听到环卫工人早起给城市整装的声音。更让我惊喜的是,我居然听到了鸟儿鸣叫的声音,清脆明亮,带着呼朋引伴的欢喜。白天的城市里,我似乎从来没有听到过鸟叫的声音。这让我忽略了,城市里一直有鸟儿。

我很少有这样的时刻,能看到太阳慢慢从东方升起,一点点叫醒这个昏睡的城市。

早起的这几个小时,我感受到了久违的淡定和从容,内心平静而充满力量。看来,那些早起的人才是真正懂得享受和使用人生的人。

身边有一个90后的同事,皮肤白里透红,像能掐出水似的。有人问她,如何保养皮肤。她说早睡早起。通常,晚上十点半她就会老老实实上床睡觉,早上五点准时起床。

我们笑她活得像个老太太,也十分好奇她起那么早做什么。她说,无非是看看书,练练字,上班之前整理下当日的工作思路,闲散时光而已。

但是,她整个人呈现出来的,却并不是如她所说的那般闲散。她浑身上下散发出来的是超出年龄的沉稳和从容,毫无同龄人身上的颓废感。在别人偶尔加班之后,撒娇耍赖邀功似的跟领导请假时,她依然有饱满的精神准时到达公司。

任何一项脑力劳动,都离不开体力的有效支持。爱熬夜的人,苍老都写在脸上和言行举止中。爱早起的人却有着不一样的神采奕奕。所以,即便早起的时光只是看日出那般悠闲,已然是有效的增值。更何况，一日之计在于晨，清晨从来都是最有效的增值时光。

大学时，室友小雨也是个爱早起的人。她作息时间规律而有节制，晚上早早睡觉，早上五点起床去跑步去读书。而我和其他同学一样，个个都是刷夜的高手，晚上不睡，早上不起。

小雨是学霸，但她不是那种天分特别高的学霸，而是有一种很稳妥的优秀，每一科成绩都很好。她不只是分数高，她讲起每一门课程都头头是道，不像我们疲于应付考试，囫囵吞枣。

每一次考前，是我们最忙的时候。我们熬夜熬得天昏地暗，靠着一包又一包的咖啡撑过考前暗无天日的夜。

我的一个同学曾通宵复习，第二天穿着家居服匆匆上考场。这是我见过最夸张的"临时抱佛脚"。而小雨依然早睡早起，从来不会因为考试打乱自己的节奏。

有时，这样的临时抱佛脚，并不会让我们被佛踢一脚。成绩出来的时候，我们会悄悄跟小雨比。偶尔，我们会有一些科目考得比小雨好。但是，很少有临时突击的人，能像小雨那样考出大满贯。

在我们看来，这似乎并没有什么不妥。即使是偶尔一科比小雨考得好，这已足以激发起我们内心满满的虚荣。因为，这会让我们有一种自己是天才的错觉，随便一突击就能超过学霸。

毕业之后的某天，和小雨闲聊，我得知她依然保持着大学时期的作息习惯。当然，特殊时期也会加班到暗无天日，但是从不主动刷夜。

她在一家知名公司上班，工作之余，考了很多与工作并不直接相关的证，大部分证书都颇具含金量。我问她，生活这么规律，工作那么忙，怎么有时间考这么多证。我的生活习惯让我觉得，不熬夜怎么能干得了这么多事情。

她回复我，利用早上的时间和每一个不加班的节假日就行了。

我这才明白，从读书时起，我们就误会了她那些早起的时光。分数上的那些差距，从未让我们意识到自己错过了什么。其实，那一个个早起的清晨，串联起来的是更充实、更精致、更从容的人生。它们从来无关写在纸上的分数。

塞万提斯曾说："上帝送黎明来，是赐给所有人的。"然而，多数人的生活中并没有清晨，更别提黎明。

当早睡变成一种"罪过"，当熬夜成为"求发展"最有效的心理欺骗，我们以为，熬夜就是在与时间赛跑，但其实，这只是自我安慰罢了。我们只是摆出一副勤奋的姿态，人生的产出却是微乎其微。

无数个深夜，都被我们用来追剧，刷朋友圈。若是再有三两好友一起晚睡，时间倏地就溜走了。最终，日复一日的消磨就堂而皇之地占领了我们的生活。

而早起的时光，却不一样。早起会给人一种"偷得浮生半日闲"的窃喜，仿若怀揣不为人知的珍宝那般，时光变得更加值得珍视。这样饱满的开始，能更好地给人力量和斗志。因而，很少有人会像熬夜那般，挥霍清晨。一天的时光从最开始被拉长，能让人感受到指挥时间的畅快，而不是追赶时间的狼狈。

村上春树先生坚持早睡早起，把重要的事情放在清晨，才保持着足够的创作精力和源源不断的灵感及产出。成功的经验那么多，早起增值这条，确实具有不折不扣的可复制性。

人生毕竟不是一场突击赛，而是一场拼耐力的马拉松。熬夜也许能成就一场突击，却无法完美完成一次马拉松。熬夜可以成就的事情，早起从来不会拖后腿。熬夜成就不了的，早起却能够优雅提供。

什么才是
真正有趣的生活

文 · 萧萧依凡

我们总会觉得生活没激情，很无聊，于是就会萌生出"来一场说走就走的旅行来调剂一下乏味的生活"这种想法。然而，旅游过后，生活往往又瞬间回到了无趣乏味的状态。这样的调剂办法不仅成本高，效果也无法长久。真正长久有效的调剂办法，应该是从日常的琐事当中发掘趣味。换一个角度来看，其实人生本来就是充满趣味的，因为你永远不知道，下一秒你会遇上什么惊喜。所以，如果你觉得生活乏味了，不要总想着要改变生活，不妨先试着改变自己的心境。

1

一个朋友说，感觉日子越过越没劲，对什么都提不起兴趣。

工作无趣，日复一日尽是重复。

吃饭无趣，一天三顿味同嚼蜡。周末无趣，看书或娱乐都没精神。

他甚至没办法完整地看完一部电影，听完一首歌。

我不得其解，问他为什么。

他满脸无奈地回答，因为觉得没意思啊。

他问我，是不是应该来一场说走就走的旅行，激活一下人生。

据我所知，他最近的一次旅行是在二十天以前。他旅行回来之后，倒头睡了一天。睡醒之后，他跟大家说，旅行实在是太无聊了。上车睡觉，下车拍照。一车人死气沉沉。

其实，身边觉得日子过得没意思的，大有人在。看着一张张写着"生无可恋"的脸，我们不得不在心底感叹，能把日子过得有趣，确实不是一件容易的事情。

那些能在凡常光景里把日子过得妙趣横生的人，都是天赋异禀的高手。

几年前，在北京，我曾偶遇过这样一个高手。

这个懂生活的高手不过是一个二十岁出头的大男孩。他是暑期到北京打工的大学生。当时他打工的餐馆离天安门不远。餐馆不大,他既负责点菜,也负责上菜,忙得不亦乐乎。

我看到他时,他正在跟一个外国人连说带比画地"聊天"。大约是那个法国人在跟他咨询一道菜。

法国人懂一点点英文和中文,而他完全不懂法语,英文也不是特别好。

于是,两个人就这样英语和中文掺杂着,"手舞足蹈"地用两国语言交流中国菜谱。

他推荐的菜居然很合法国人的口味。法国人离开时,给他竖了个大拇指。

他则热情地将法国人送到门口,顺带着连说带比画地给人家指了路,推荐了景点。

他过来上菜时,我忍不住笑话他,难道不怕给人家指错了路,丢了中国人的脸。

他夸张地大笑,拉长了腔调说:"怎么会?我外语说得这么好,表演得这么形象,交际能力这么强,怎么会丢国人的脸。"

他说他在这里遇见过很多不同国家的人,早已练就了和各国人打交道的本事。

2

我问他:"你每天都过得这么妙趣横生吗?"

当时,他在那家餐馆打工已一月有余。我猜想这么枯燥的工作应该早已让人心生厌烦。

他挠挠头,说:"妙不妙,我就不知道了,反正每天都很有趣。"就连他刚到北京最落魄的时候,他也觉得极其有趣。

他刚到北京的第一个晚上,钱包就被偷了。

当时他身无分文,晚上住在地下通道里。下过雨的深夜,地下通道里有冷风吹过,他感觉到几分寒意。

于是,难以入眠的他,和几个流浪汉在通道里打了一个晚上的扑克。

他说,几个陌生人,不问来处,不问去向,就这样打了一个晚上的扑克,天很快就亮了。然后,他继续上路,去找一份安身的工作。

暑期工没那么难找,他用了一天的时间就找到了这家餐馆。老板包吃包住,工资全是净收入。

每周的休息日,他就拿着地图在北京各处转悠。跟旅游一般惬意,他说着说着眼睛就笑成了一条线。

他故意用一口老北京的腔调,发音准确无比。这是他跟餐馆周边的北京大妈大爷们学来的。他说,餐馆附近住着一对老夫妇,很有趣的一对老人家。

大妈是个热心肠,爱找人聊天,平时没事爱去当志愿者,给人指指路,帮忙维护维护公交秩序。

大爷是个退休工程师,喜欢安静,常一个人写毛笔字。两个人偶尔拌起嘴来,极其有趣。大妈妙语连珠,大爷说不过大妈,脸涨得通红。

那对老夫妇都喜欢他。大妈喜欢找他聊天,大爷喜欢教他看图纸,偶尔来兴致了还约他一起观园。一个月的时间,他已经成了北京通了。

他短短几句话,就让我对那对老人家生起了无尽的兴趣。

似乎,在他眼里,满世界都是好玩得不得了的事情。仅仅是简单一番交谈,你就能轻易地感觉到,他活得特别带劲,生机勃勃的。

若不是他普通甚至有些寒酸的衣着,看着他这副悠然享受的模样,我会误以为他是个出来体验生活的有钱人家的孩子。

> 对于那些内心充溢快乐的人们而言，所有的过程都是美妙的。

这大概就是罗莎琳·德卡斯奥所说的：对于那些内心充溢快乐的人们而言，所有的过程都是美妙的。

3

人生的确需要时时激活，却并不有赖于惊天动地的大事件。生活真正的趣味都融于日常小事中。

那些波澜壮阔的大事件，顶多只能起到一针强心剂的作用。短暂的疗效之后，一切又将归于平常。所以，真正有趣的人生一定是生根发芽于寻常光景。

很多卓越的人拥有着不平凡的一生，但有趣的生活依然源于日常琐事。杨绛先生的《我们仨》一书，更能让人体味到这一点。

记得读这本书之前，我猜测，里面记录的大抵应该是波澜壮阔的一生，就好似普通人心心念念的"诗和远方"。

然而，让我笑中带泪，泪水涌出之后又很快笑出声的，真的只是一些温馨的"鸡毛蒜皮"。这些日常里面包含着说不尽的世间乐趣，让人回味不断，绵长悠久。

杨绛先生记录一家三口爱去动物园，把各种动物的习性和禀性写得惟妙惟肖。

写到大象,她写道:更聪明的是聪明不外露的大象……母象会用鼻子把拴住前脚的铁圈脱下,然后把长鼻子靠在围栏上,满脸得意地笑。饲养员发现它脱下铁圈,就再给套上。它并不反抗,但一会儿又脱下了,好像故意在逗那饲养员呢。

一家人一起去吃馆子,钱先生近视眼,但"耳聪",阿瑗耳聪目明,他们总能发现其他桌的客人正在上演着怎样的故事。

所以,他们一家吃馆子是连着看戏的。吃完之后,有的戏已下场,有的戏正酣,有的戏刚开场。就连他们一起去熟悉的公园散步,也是充满乐趣的"探险"。

即使是在造化弄人的特殊时刻,杨绛先生的笔下依然充满着日常的生动有趣。

每一个情节都是那么饱满,有光芒。掩卷之际,我也明白了,钱先生之所以能留下《围城》等文学巨著,大概是因为和杨绛先生一起,参透了这日常生活里的寻常乐趣。

这种来自日常的有趣,才是真正而持久的有趣,深入骨髓。

4

觉得生活无趣的时候,不要总想着到了佛罗里达的棕榈海滩生活从此就变得有趣,不要总以为到了非洲好望角日子就会给你打开一个豁然开朗的突破口。

内心若了然无趣,哪里都漆黑一片。很多在路上的人,不是因为在路上才变得有趣,而是出发前就深谙生活的乐趣。

我们应该审视下自己,审视下身边的人来人往,试着换个角度重新对待自己的生活。见了面从来不打招呼的那个邻居,你试着给她一个微笑。公司周边新开的那家餐馆,你约三五同事一起品尝。

哪一样都寻常,哪一样都有趣且耐人寻味,抵得过"诗和远方"的乐趣,也拼得过昙花一现的美丽。

真正有趣的生活,从来不需要用"诗和远方"来堆砌。它囿于厨房,却容得下山川湖海的纵横生趣。生活中的大波澜永远只能是点睛之笔,是锦上添花,不能当作救命稻草。

要想拥有一个有趣的人生,我们必须学会与日常琐碎谈情说爱,让水泥地里长出嫩芽开出鲜花。

你还抱怨上天没把美好的生活给你?

那是因为,你从来没亲手去创造过美好的生活,

更没尝试过将自己的人生过得妙趣横生。

要想拥有一个有趣的人生,我们必须学会与日常琐碎谈情说爱,让水泥地里长出嫩芽开出鲜花。

我们经历着生活中
突然降临的一切，
毫无防备，
就像演员进入初排。
如果生活中的第一次彩排
便是生活本身，
那生活有什么价值呢？

《生命不能承受之轻》

你若笃定，
社会便不浮躁

文·时圣宇

大自然总会给我们无尽的启迪。比如当我们置身大草原，会心生辽阔，感觉内心的格局也变大了许多；而置身山顶，一览众山小的感觉亦会澎湃我心。所以，以自然为师始终是人类思想史上的重要一脉，中国古代就有一种修身方法——格物致知。

偶然中听说了一种植物，让人沉思，就是在我国南方寻常可见的毛竹。据说，开始的几年，毛竹生长得很慢，但会在几年后的某一个生长季突然发生质变，短短几个月就能成材，而且它早已扎得遍地都是的根系，能让周围变成郁郁葱葱的竹林。

毛竹朴素的生长机理，呈现出的却是天地之间的大道理。不由想起大学时一位老教授的赠言："那些精于世道的挥洒自如，对人生来说只是术，是在短时间内或者几年之内稍加用心就可以掌握的；唯独真正的人生积淀、那些决定你人生高度的东西却是任何人在短时间内都不可能获得的,那要用一生去丰富。"

教授所言"人生积淀",便是这毛竹的根吧?然而在现实生活中,人们大概只会惊叹毛竹的拔地而起和参天英姿,却忽略了其脚下的"根深蒂固"。无处不在的浮躁,让人少了冷静,多了盲目;让人无法停下步伐,却不过只是在同一个地方打转。当沧桑已至,再回首时,蓦然发现自己早在"根"上就差了许多。

这个世界变化太快,快了就难免浮躁。比如那些一夜暴富的神话,那些平步青云的传奇,还有那些赤裸裸的炫富,都会让正准备扎根的你,内心突然失去平静。你也许会感叹,在一个快节奏的社会里,没有多少时间能深植自己,别人都在奔跑,你不快跑都难免会被碾压,别说安静扎根了!

当浮躁如影随形、入脑入心,便会耽于诱惑与功利,放弃曾经的坚守,开始想着"土豪,我们做朋友吧!"开始寻找是否有捷径可走;在琢磨如何让自己更世故,更精于人事;于是少年老成,于是暮气沉沉。可每当你从一场无聊的饭局归来,心满意得地睡去,早上酒退初醒时,心中是否会透着些许落寞与自责?看着自己不断累积的脂肪层,会不会扪心自问一下,多久没有听到自己骨节生长的声音了?

其实我们身边也会有像毛竹一样的人，即使看不到成果，也要拼命努力；或者即使不被人知道，也要坚持到底。只是，我们都把他们当成了傻子和疯子，有时候甚至会叹口气，哀其不幸。但英雄起于草莽，他们也许就是等风起的大鹏，一旦因缘际会，腾空而起，就会达到你所不能企及的高度。创业初期的马云无人问津，李娜到了29岁才捧起大满贯的奖杯，乔布斯的苹果也不是横空出世，万事皆有缘由。

你若笃定，社会便不浮躁。这份笃定来自清晰的人生定位。年轻的时候最好不要跟人比快，很容易摔跟头。最厉害的功夫还是沉潜，潜下心来、苦心修炼，等待属于自己的那个时刻。

你是什么样的人，
就会遇见什么样的人

文·米格格

"你曾经坐在这里，谈吐得那么阔气，就像是所有幸福都能被预期……"提到心中的恋人，总会联想到江美琪早年在歌中唱到的这一句。那画面，真真美到每个女孩子的心坎儿里。

每个做公主梦的女孩，大概都曾憧憬过这样一位王子：他见多识广，高大帅气，家境富足，性格温和，能满足你所有的愿望，带你去陌生的城市，看陌生的风景，替你做好未来的打算，让你像穿上水晶鞋的灰姑娘一样，从此无忧地戴上皇冠，做他独一无二的王妃。

童话真美，美到让我也如痴如醉。但我终究相信，现实中的灰姑娘，被王子看中的概率，大概只有10%！就算遇见了，多半也是擦肩而过，因为两个人的世界没有交集。

姑娘C年方二十九，至今未婚，也未有过恋爱史。她想要的

> 维系婚姻的纽带不仅是孩子，也不是只有金钱，而是关于精神的共同成长。

对象，一定要成熟帅气又能干，有自己的事业，经济条件优越，像暖男一样细致到能记录她的情绪周期表，像大叔一样手把手教她高尔夫，有老练深沉的处事作风。而且，生活要有情怀，有品位……

然而，现实中她所碰到的，却总是差着点儿什么。一个涉世不深、没有家庭背景的男生，会停在奋斗的路上，鲜少有资本去驾驭高品质的生活；每个细致入微、事业有成、老练深沉的男人，通常也难有闲情雅致陪女朋友去看世界。

任何一种生活状态，对应的都是一种选择。有选择，就会有得失。真实的世界，少有两全其美。

对一段恋情或婚姻，你不能指望有人把一切东西都准备好，然后静静地等你到来，就像完美先生一样，最后让女主安心地做个全职太太，不用为钱操心，不用为家事烦恼，旅行有人给你做好计划，生养孩子有人负责教养……生活告诉我，这不过是玛丽苏式的爱情小说罢了。

我的朋友Z，身高183cm，姿态挺拔，穿着考究，热爱旅行。在去美国攻读博士之前，他没有恋爱过，但身边追求他的女孩子并不少。谈及生活，他自己也承认，没有太大的经济压力确实让他有了更多的时间和机会去享受生活。

大学四年，他很拼，最后拿了双学位，然后去美国读了喜欢的心理学。至于系里追他的一些"灰姑娘"，他是有所顾忌的，身边的人总是不停地提醒他："你要看清楚，她究竟是喜欢你，还是你的家境？"

除此之外，还有两个和他家境差不多的女孩对他有好感。据我所知，其中一位是Z父亲挚交的女儿，和他在同一所大学读书，也正准备到美国留学；另一位则是在英国攻读音乐的女孩。然而，他最终没有在任何一位追求者中做出选择，他说："我不知道，等我去了美国，会不会遇到和我一样的人……"

然后，就如他所想那般，他在佛罗里达读书时遇到了一个独立、漂亮、有才的女孩，并于去年完婚。女孩并未觉着自己像凌霄花一样攀附于他，反倒经常调侃，自己的某一条真丝连衣裙是他买不起的。她经济独立，会做各种花式面包，且有自己的专长。

听过这样一段话："维系婚姻的纽带不仅是孩子，也不是只有金钱，而是关于精神的共同成长。在最无助和软弱时候，有他（她）托起你的下巴，扳直你的脊梁，令你坚强，并陪伴你左右，共同承受命运。那时候，你们之间除了爱，还有肝胆相照的义气，不离不弃的默契，以及铭心刻骨的恩情。"

爱，从来都不是单纯的索取和享受，而是共同的成长与进步。

别把自己当成玛丽苏式的主角，也别指望天上会降一个兼具各种美好的TA，然后对你一见钟情。除非，你足够好，足够有见识，能在任何场合、任何人群中成为闪耀的珍珠。

你是什么样的人，就会遇见什么样的人。

只要两个人价值观相同，没有太大分歧，然后一起努力奋斗，一起去体验生活的变化，就很好了。其实，也只有这样的感情，才能经得住考验，爱得更长久。

看看你那张熬完夜的脸

文·焦志杰

1

去年有段时间,因为工作调整的缘故,我的上班时间变成下午5点到半夜12点。一个很有趣的现象是,每天别人下班回家的时候,我逆着人流,奔向单位开始新一天的工作。

那时候,我刚开始在网上写文章,听闻前辈传授的"新人要勤奋"的经验,我保持着每周5篇文章的更新频率,最少的时候,也是3篇。

写完文章后,已是凌晨两三点,夜已深,万籁俱寂,我听着身后传来的室友的呼噜声和呓语,竟感到前所未有的心安,我喜欢这种生命被紧紧填满的感觉。

当时看到一句话,莫名地心生欢喜,仿佛那就是为我量身定做的一样。

"台灯是夜猫子的眼睛,熬夜是梦想者的倔强。"

是的,我喜欢熬夜,喜欢晚睡。有人说,没有深夜痛哭过的人,不足以谈人生;而那时候我想说,没有经历熬夜和晚睡的人,不配过真正意义上的生活。

熬夜算什么?晚睡又如何?二十多岁的年纪,不去熬夜读书、熬夜加班、熬夜写文章,难不成要等到六十多岁再去体验疯狂吗?

然而,我开始被莫名而来的头痛突袭,洗头的时候大把大把掉发,黑眼圈时常挂在脸上并且不断加重,皮肤变得暗淡灰黄……这一切身体衰败的迹象都在告诉我,熬夜和晚睡,是要付出代价的。

最开始头痛的时候,我以为是工作压力大,写作遇到瓶颈所致,觉得只要自己稍微调整适当放松下就会好。直到后来,头痛变得频繁和有规律,我不得不服止痛药来缓解疼痛,那一刻才意识到,这不单单只是因为压力大。

有一天中午下班,刚出了办公楼,我的头就像是被人施了魔法一样,先是断断续续地轻微疼,慢慢地疼痛从两边蔓延开来,变成持续性的剧痛。我服了止痛药,仍不见好转,才决定去医院。

医生在了解了我的情况后,给我开具了一张拍片的通知,他说需要等片子出来才能确定我头痛的具体原因，然后再给出详细的治疗方案。

拍完片子等结果的时间里，我的内心是极其忐忑的，想着万一得了某种怪异却又难以治愈的病，长在头上动手术还不太方便，我难不成要以后的时光里，被病魔伴随一生？那该真是噩梦一场啊！

好在结果不算坏。因为长期熬夜，过度用脑，休息不好，所以出现了长期以来莫名的头痛。医生似乎看出了我的担忧，劝慰我不要紧张，一切无恙，今后只要注意休息，不要熬夜就行。

而当经历了这场有惊无险的病痛以后，我开始意识到健康的重要性，推翻了我以前的观念——不是只有熬夜的人，才有资格谈人生。

你看，任何事情都是相对的。你消耗身体取得成就，同时也可能失去健康。

2

今年以来，网络上连续曝出多名媒体人相继去世的消息。翻看这些媒体人过往的生活，发现他们长期睡眠不足，熬夜加班和经常晚睡是家常便饭，有人甚至连续几天只睡几个小时。

对，因为特殊的行业性质，熬夜似乎变成完成工作的必要条件。很多人觉得晚上安静，不像白天那么嘈杂，思维会变得更活跃，灵感会更丰富。可在我重新调整作息时间后发现，很多原本以为只有熬夜才能做好的工作，其实白天也可以完成。

我每天早起，按时服药，用运动的方式减压，节省玩手机发呆的时间用来工作，尽量不去熬夜；慢慢地，头痛的频率减少，最后消失；我坚持运动，皮肤开始重新变得富有光泽，黑眼圈也不见了，不再失眠。一切又都好起来了。

我看到过很多人在深夜里发朋友圈刷存在感，以显示自己的认真努力。和他们聊天时，他们会认为熬夜没什么大问题，出问题的人应该本身身体状况就不好，这种事情不会降临在自己头上。

的确，熬夜不是什么大问题。可是长期熬夜，你的身体机能会变差，头脑会变得混沌，就像是亲手在身体内部安装了一枚威力无比的炸药，不知道哪一天会被引爆。

3

五个月前,办公室里一位同事姐姐的丈夫因过度熬夜,突发脑溢血,两天后因抢救无效不幸离世,留给她一个只有一岁多大的儿子。

孩子还不会叫爸爸,甚至连爸爸长什么样都不记得,就再也见不到他了。

而同事姐姐呢,整个人暴瘦一大圈,每天都是恍恍惚惚的,完完全全像变了个人一样。我甚至都不敢看她的眼睛。

其实,他们的条件还不错,比小康家庭还要高出点,远没有到要拼命工作来维持生活的地步。可就是因为丈夫想给家人更好的生活,所以拼命加班,熬夜工作,过度透支自己的身体,将生命永远留在了三十几岁。

如果你经历过生离死别的场面,你就会懂得健康对于一个人来说多么重要。

我永远无法忘记,同事姐姐在医院与遗体告别时撕心裂肺痛哭的场面;不满一岁的儿子,还不会哭,不会喊爸爸,只是静静地看着那张熟悉却永远也睁不开眼的脸,安静得让人窒息。

> 任何事情都可以等到明天，唯独身体和健康，不会等。
> 所以，别睡得太晚。

当你经历过生死，经历过永别，你会发现，相比你要怎么拼命去换取一种高质量的生活，拥有一个健康的身体、一个健全的家庭，才是更重要的。

因为你，不只是你，你是一个家庭全部的希望。

任何事情都可以等到明天，唯独身体和健康，不会等。

所以，别睡得太晚。

人生没有梦想，
年轻也是苍老

文·喇嘛哥

晚上，一家人吃完饭，六七个人坐在一起聊天，突然说起每个人今后的梦想和打算。原以为年轻人一定充满了憧憬和浪漫，有着天空一样辽远的想法，谁知道，几个年轻人老成、世故，无比的冷静和现实。一脸无辜的样子，满腹牢骚：梦想是个什么鬼？折合成人民币能买几斤豆腐？小时候有过梦想，可惜被父母活生生地掐死在摇篮中，按照他们规划的未来活成了现在的样子，哦，到了这儿，你们又开始问我梦想。梦想就是一茬冬麦，割了就永不再来……

可是年轻人，年轻时候没有梦想，就好比童年时候没有童话一样，你们会后悔的！梦想不是给别人做的样子，也不是家长分配的指标，而是你生命的一抹灿烂色彩，过去了就永不再来！

我的女儿不像他们。她穿着她妈妈的高跟鞋，"妖娆"地走在我跟前,异常憧憬地说出她的梦想:"爸爸,我长大了喝酒呀。"多好的梦想,长大喝酒呀。在女儿的世界里,只有高兴的时候才能聚在一起喝酒;只要喝酒,就会歌唱,一群人唱一首歌;无边无际地畅想远方,无拘无束,一切的生活都变得简单和快乐。这是多么美好的梦想。

我有时候庆幸,女儿生在牧民家里,她的成长记忆里,都是一群喝点酒就可以快乐的人,唱起歌来不管技巧和表现的人,而不像在一些心事很重的人群里,喝酒是带着心思、揣度和装相来的,喝得矜持、喝得泾渭分明、喝得云山雾罩、喝得暗潮云涌。

我小的时候,已穷到无家可归,按照他们的逻辑,谈梦想就是一个笑话。其实,上天造就人类的时候,就把梦想的程序编进了生命。每天睁开眼看见明媚的阳光就阻止不了梦想的生根发芽,那是一种酷炫的感觉。最主要的是你相信它会实现,活在希望和期盼中的日子会凭空感到明媚。

最初,我梦想能穿上军装,为了这个梦想,我坚持训练,学会干练果断,学会勇敢和坚持,即使后来与军人毫无搭界,但是那段准备的日子成为我最闪亮的时光;再后来,我梦想有一天能像三毛一样自由翱翔,天马行空,虽然渐渐明白这是一种幻想,但也正是这个梦想，改变了我对生活的态度，它让我坚信：活着就是为了遇见美好。

我梦想过有一天可以用文字表达自己心中的暗淡，我梦想如三毛一样游走在天涯海角，我梦想过至少有一个懂我的人一定在路上等我，我也梦想过亲人不老、自己一直年轻……后来我知道，这些都是年轻拥有的资本，让自己的人生有了些许期盼。

如今，即使已至不惑，我还时常认为自己仍然年轻，要随时保有一颗向往远方的心；我告诉自己一定缓慢下来，一定带着亲人走一段旅程，不为看海，不为登山，只为在路上有你相伴。多少年，我们为了生活和所谓的面子，在各种旋涡和目光里挣命，有时候我想，是不是我们走得太快，忘记了最初的梦想，奔命去终点，却不记得人生的一路风景，想想这是多么悲哀和不值。

我有一位远房的表姐，18岁就出嫁在大漠深处，38岁的时候已经是年轻的姥姥。那年腿疼，我带她来城里看病，她羡慕我38岁的剩女同事怎么可以依然有少女一样的娇媚。表姐感慨，这才是女人应有的一生，不像她18岁就结束了青春。梦停在了哪里，哪里就结束了青春。现在我想起这话来仍会为表姐心疼。青春没有梦想，就已经苍老。

我儿子初三的时候，看着自己那"瘦骨嶙峋"的分数，加之周围已经定性的评价，他一度也觉得自己这一生也就那个样子了，整天萎靡不振，一派老气横秋。我给他讲我初三比他还暗淡的生活，我告诉他，你很优秀，只是暂时迷失了方向。我带他去北京，去国家大剧院看演出，看其他人如何优雅地生活；我也带他去北大，看那些如他一样的体育生如何生龙活虎、阳光灿烂。那个暑假回来，明显看出他的变化，他一点点从自卑中走出来，一点点有了憧憬——是梦想让他渐渐重新阳光。我知道，他的将来也许很平凡，但是有梦想陪伴的青春会成为他最美好的经历。

梦想不是让一个人瞬间伟大，而是让一个人拥有希望和色彩。梦想不一定能成就你的人生，但一定能丰富你的人生，这就是梦想的魅力所在！

你那么年轻，为什么要将幸福拱手相送给岁月和时光？

你还这么年轻，
不必活得好像历经沧桑

文·蓝柚柠

公交车上跳上来几个初中生，对的，是跳，不是走上来的。他们叽叽喳喳地说着学校里的趣事，说这次的考试真简单。女孩子贴在另一个女孩子耳边说别人听不到的秘密，男孩子们笑着谈论球场上的精彩。

嘉嘉拿下耳机，把头靠在我肩上，说，你看，他们多青春，我真羡慕。

我知道嘉嘉熬夜一个星期做的方案又被她老板给毙了，理由是达不到客户要求的"花哨"标准。刚刚还在电话里把她狠狠地骂了一顿，嘉嘉忍着没有哭。这些年里，她或许早就练就了一身不为老板和客户任何一句言辞上的责难生一丝心酸的本领。

她用眼神拒绝了我想要安慰她的冲动，默默地拿出耳机戴上，打开永远只有十首歌的播放器，呆呆地望着车窗外闪过的风景，

> 他来，就热烈地相爱；他不来，就静静地等待。等待的时候，让自己变得更好，去配得上一个更好的人。

眼神疲惫而落寞。

我最后一条朋友圈停留在毕业工作一年的时候，我越来越忙，越来越疏于表达。喜欢的拼了命也想要去得到，这必然要付出代价，比如没完没了地加班，比如发了疯似的学习，比如违心去迎合老板与客户的需求，再比如天大的委屈也不再去想把它说出来写下来。

下了公交车，在一个地下通道的入口看到一群大学生在做表演，红红的横幅上写着"大学生艺术社团街头表演"，戴着鸭舌帽的男孩子正在唱《南山南》，声音很青涩，有时候不记得歌词还要低下头看看手机，再抬起头的时候，脸上就有了羞赧的色彩。我们停下来，静静地听他断断续续把一首歌唱完，然后我拉着嘉嘉走，她疑惑地问我干吗，我没好气地答"买菜"。嘉嘉叹了口气随我走，在超市里看到一冰柜一冰柜的肉类，说："他们还在青春洋溢，我们却已经是柴米油盐，可是我那样恣意挥洒青春的日子也才过去了三年，我也才24岁而已，怎么就好像历经了沧桑。"

是啊，嘉嘉，你才24岁，我们都才24岁。

工作里的那些不顺、那些烦恼像蜘蛛网攀满了我们当下的生活，想逃，却被死死地黏住了脚。

有时候，我们会想要去到远方躲避一下生活的喧嚣，金钱、时间，成了不能同时成全的枷锁。好不容易去成了，又发现所谓的远方已过于商业化，想象的净土在尘世里正慢慢变脏，不复原来清丽脱俗的面容。

生活好像很糟糕，房租又涨了，厕所被堵了，欠费停水停电了。厨房里蟑螂出没；楼道里又被对门的丢满了好久不扔的垃圾；一场雨落下来，楼下的积水淹坏了我们心爱的鞋子。

总有人旁敲侧击着问我们工资多少，工作几年给家里贡献了多少，有没有可以结婚的对象，什么时候买房买车。

可是，你看，我们也才只有 24 岁。

我们的父母都还很健康，我们可以每个星期给他们打几通电话，父母催婚就让他们催去吧，也不会真的逼着我们去跟一个不爱的人结婚过一辈子。父母或者旁人的唠叨都不可避免，我们可以假装听得很认真，转身就把它们都忘掉，虽然这很难。

爱情是奢侈品，却也并不是必需品。他来，就热烈地相爱；他不来，就静静地等待。等待的时候，让自己变得更好，去配得上一个更好的人。

工作忙到没有时间娱乐，没有时间维系朋友，那又怎样呢？

真正的朋友即使我们不说也能理解我们的难处，许久不见面也依然可以无话不说。被老板压着看不到希望，那又怎样呢？我们所做的事情、所学的点点滴滴，将来都有可能在我们人生的履历上加上重重的分量，希望也终将会在这点点滴滴里到来。

我们偶尔能够抽出时间到一个地方，坐一辆环城公交，在陌生的城市里，从这头晃悠到那头，去吃一点特色小吃，看一些不一样的风景，没有人认识，也不认识任何人，哪管它商业不商业化，自个儿能释放压力就足够。没有那么长的时间也没关系，我们可以去到KTV，大声地呐喊歌唱，嘶吼出情绪，并不会有人在意有没有跑调。

而充满了柴米油盐的生活其实也是一种诗意，被规规矩矩摆在菜市场上的菜本来已经失去了生命，做菜人凭借着一双巧手、几种调料，又赋予了它们另外一种生命，这多么神奇。

我们彼此做一个约定，不说生命里的不好，只说那些开心的事：被子晒了闻一闻都是暖暖的气味，月光透过窗子外的大树照进来明晃晃地摇动，公交上碰到一个小孩子憨憨地笑着，养的植物终于开花了，会做一道大菜了，去附近的城市旅游了，学到了一点新技能，领导终于认可了我们的能力……

很简单地生活着,这样是不是其实就已经很好?

谁都向往自由与海阔天空,只是我们还不能忽略这一路上必须要承受的艰辛。现在说起的"沧桑",也许在若干年后就只是闲来的一点谈资,毕竟,人生很长,还有很多路要走、很多难关要过。那就等我们垂垂老矣坐在摇椅上的时候,再来说这满身的沧桑吧。

如果想做一件事，
先别忙着发朋友圈

文·末末小七

朋友小A在朋友圈发了几张穿着运动装、跑步回来后大汗淋漓的照片，并配文字：只有对自己狠一些，才知道你有多优秀，坚持，跑步ing！

朋友圈下面一堆朋友的点赞和评论。可是，小A在连发几天运动的图片之后，坚持不住了，又发了条朋友圈：其实坚持运动也不一定适合每个人的。

朋友小B在朋友圈发了一堆备考书籍的照片，配文字：要好好学习了，加油！努力努力就一定行。

然后每天依旧在朋友圈里各种晒图。

朋友小C和几个朋友在饭店里吃饭，各式精致菜肴图片，用美图秀秀做了组图发在朋友圈里，并定位了某某饭店，配文字：吃完这顿就要减肥了，每天5公里慢跑！

也引来一堆朋友的点赞和评论。

而朋友小D很少在朋友圈发各种说说,很多时候我们都觉得她很out,不合群,我们发的说说她也很少去评论。

后来才知道就在我们每天拼命刷朋友圈的时候,她却利用这些时间考了商务英语高级证书,又在网校报了一门日语课程,现在日语已可以基本交流了。

有一次和她聊天就问她为什么很少发朋友圈,小D说只是不习惯,一来不喜欢把自己的个人生活搞得尽人皆知;二来自己只是一个普通人,也不是大明星,不需要有那么多人关注;三来自己有很多事情要做,发朋友圈太浪费时间。

想想也是。

通常我们发一张自拍照,没有半个小时应该是搞不定的,我就是这样。拍自拍真的是一件烦琐的工作,先选好位置,再选角度,咔咔咔,连拍数张,微笑的、大笑的、嘟嘴的,各种表情……但这么多张照片去掉背景不好的、角度不好的、表情不到位的,最后筛筛选选可能就几张满意的,然后对着几张照片再进行进一步美化处理。美颜相机,美图秀秀全部都要用上,美白、磨皮、瘦脸、瘦身、放大眼睛、亮眼、背景虚化、特效……最后发到朋友圈之前还要绞尽脑汁、字斟句酌地构思，这些照片要配上什么样的语言才可以比较受关注。

然后，再然后，一条朋友圈终于发出去了！

不，再等等，这还没完。人天生都有希望被人关注、认同的天性。

所以我们发了朋友圈后还会时不时地看一下有没有人给点赞，给评论。有人评论了还要忙着回复评论。如果没人关注、没人点赞评论，你可能会变得越来越焦虑，甚至变得沮丧失落。

就这样不知不觉中，自己完整的时间，就被碎片化了。现在想想发朋友圈真的是一件找虐的事情，但大多数人依旧觉得虐并快乐着，而且乐此不疲。

很多时候，我们都知道发朋友圈是很浪费时间的事情，可是我们还是会不由自主地去发朋友圈。因为在信息化的社会里，我们更愿意通过朋友圈去了解别人的生活，了解各种新闻资讯，我们也更喜欢把朋友圈当作一种发泄情绪，炫耀生活，提升存在感的工具。

心情大好的时候发个朋友圈，心情低落的时候发个朋友圈，吃个饭再发个朋友圈，吃完饭也要发个朋友圈，看到几篇不错的文字有了心得,也要发段文字发表一下感慨。好像发朋友圈那一刻自己俨然成了一个评论家。

要减肥的时候发个朋友圈,要努力学习的时候发个朋友圈,确实是一种鼓励自己的方式,可是这种方式也会给自己形成一种虚假的满足感,或者说成就感,好像自己已经成功在即了。通常这种华丽的开始,往往更容易让计划惨淡收场,或者无疾而终。

太在意别人的目光,太追求在社交网络里的存在感,过于在乎网络上人际关系的维护而忽略了在实际中的与人交流沟通,只在朋友圈里秀努力而实际上却根本没有坚持力……

这些都只会让我们在别人的朋友圈中更微不足道,得到的更多也只是焦虑和沮丧。

所以,如果我们真的想做一件事情,那么就请先忍受孤独,默默地坚持去做,没有人鼓励就自我激励,没有人陪伴,其实一个人挺好。

不管是学习也好,减肥也好,学一门技能也好,等自己真正学有所成后,再去发朋友圈"炫耀"也不迟啊。

低调才是真正的智慧

文·马德

低调是一种意无狂、行无躁,吐纳恒常的生活态度。

故意做出来的,不是低调,是低姿态;矫情装出来的,是假低首下心。真正的低调,是内在心性的真实呈现,无论身处闾巷还是庙堂,绝不改变。

低调的底色是谦逊,而谦逊源于对生活的通透。在低调的人看来,没有什么值得炫耀,也没有什么可以一辈子仗恃,唯有平和、平淡、平静,才能抵达生命的至美之境。于是,他们放低自己,与世界恬淡地交流。

张扬、张狂,或是张牙舞爪,到头来,不过是一场浮华的热闹,登高必跌重的惨淡。

真正有大智慧和大才华的人,必定是低调的。才华和智慧像悬在精神深处的皎洁明月,早已照彻了他们的心性。他们的眼神是慈祥的,脸色是和蔼的,腰身是谦恭的,心底是平和的,灵魂是宁静的。正所谓,大智慧大智若愚,大才华朴实无华。

高声叫嚷的,是内心虚弱的人;招摇显摆的,是骄矜浅薄的人;上蹿下跳的,是奸邪阴险的人。他们急切地想掩饰什么,急迫地想夸耀什么,急躁地想篡取什么,于是,这个世界因他们而咋咋呼呼,而纷纷扰扰,而迷乱动荡,而乌烟瘴气。这些虚荣狂傲之辈,浅陋无知之徒,像风中止不住的幡,像水里摁不下的葫芦,他们是不容易沉静下来的。

低调,不浓,不烈,不急,不躁,不悲,不喜,不争,不浮,是低到尘埃的素颜,是高擎灵魂飞翔的风骨。

低调的人,一辈子像喝茶,水是沸的,心是静的,一几,一壶,一人,一幽谷,浅斟慢品,任尘世浮华,似眼前不绝升腾的水雾,氤氲,缭绕,飘散。

茶罢,一敛裾,绝尘而去,只留下让人欣赏不尽的优雅背影。

你有一张明天的脸

文·沐沐

跟做猎头顾问的小西聊天，我问她，简历一般要不要贴照片。她说，要。从她个人角度来看，简历上照片反映的精神状态是这个应聘者给我的第一印象，不管美不美，同样条件的两位应聘者，她会选择照片精神的一个进入下一轮。

我问，"精神"指的是什么。小西说："跟长相和年龄没有关系，就是传达出来的精神状态，比如看上去愉悦、自信，又不那么世故。如果一张苦大仇深的脸，直接否定。一个人对于未来的期待，会展现在脸上，说抽象一点叫气场，通俗来说叫面相。有些人一看就生活愉快，有快乐的能力，可以从那张小小的证件照上略知一二。"

我问，如果证件照是PS过的呢？小西笑了笑，托着脑袋想了想说："这个也会存在一定的偏差。PS可以把脸变白，皱纹变少，却改变不了眼睛里传递出来的讯息。当然，更好的判断是跟一个人面对面。"

我点头,小西顿了顿说:"不过也可以从另外一方面来看,如果面试时见到本人和证件照上的完全对不上,就大大减分。要么不自信,要么不踏实,都不是我们需要的。企业都需要对未来有期待、对现在又不急躁的人,自信又能脚踏实地。"

"在工作团队里,快乐会传染,负面情绪也会传染。影响团队稳定和凝聚力,比工作能力欠佳更让人难以忍受。所以,某种程度上来说,看脸不是没有道理的,面试应聘者的时候也是如此。不是看脸型和五官,不是看皱纹和痘痘,而是看脸上的灵气、期待和希望,说白了,就是脸上有没有明天。"

我听得似懂非懂,小西表情夸张地盯着我看了两秒:"你没问题,你有一张明天的脸。"说完,小西笑了。

那一刻,我从这张笑脸上,仿佛看到了小西所说的"明天的脸"的模样。那是好像从来没有经历过假恶丑的一张脸,笑起来眼角上移,嘴角上翘,眼睛里有光,好像是普罗旺斯湛蓝天空下、刚刚被雨水洗过的一株向日葵,昂着头向着太阳,纯净、饱满;对于随时可能会来的暴风雨,不设防,不焦虑,只是灿烂着。这种灿烂,有着无穷的生命力,仿佛除了有花瓣迎风招展,还能清

> 这种灿烂，有着无穷的生命力，仿佛除了有花瓣迎风招展，还能清楚地看到根在土里努力生长。

楚地看到根在土里努力生长。

如此看来，工作中，饱满又不沧桑的精神状态确实会加分。拥有一张明天的脸，在生活中也有着无穷的魅力。

我在脑海里自动搜索并匹配，哪些人拥有一张明天的脸呢？是沈从文笔下湘西溪边唱着歌的翠翠，是《三重门》中韩寒所说的活到八十岁还是女孩的Susan，更是宋冬野《董小姐》中所唱的微笑像"安和桥下清澈的水"的女同学……

一张明天的脸，是永远对没有到来的抱有期待，打心眼儿里期待明天的到来，仿佛昨天、今天和明天都对他全无恶意。有这种气质的人，不管年岁如何，即使皱纹爬上脸庞，即使经历过挣扎和苦难，依然有一种未经世俗浸染的感觉，对世界充满了好奇心。即使生活烦琐、压力缠身，依然有青春纯净的笑容，对生活充满了朴素的期待和善意。

带着这样一张脸，"今天"的故事错综复杂也好，不尽如人意也好，都变成了未完待续，因为还有明天。明天，又是一个有待发掘、善意满满、充满无限可能的世界。

前两天收到一个闺密在文件堆积如山的办公桌前的工作照，笑得那么明媚。那是一张有着黑眼圈和青春痘的脸，但是掩饰不住那种来自"明天"的讯息。

她曾说,虽然没办法改变全民吐槽的雾霾和房价,但是想要什么样的精神状态,主动权在自己手里。生存对于谁来说,都不是一件容易的事,它时而复杂多变,时而黑暗阴冷,却抹不掉心中的那一片蓝天白云。

这是一个在北京追求自己理想的姑娘。曾经,在人生最低谷的时候,失学、失恋,她依然会自嘲终于坐了一次生活的过山车。随后,一路慢慢往上走。后来,办公室的钩心斗角,也没有让她变成一个工于心计、精于算计的职场油子,只是脚踏实地,不抱怨,不逃避。

而后,生活给她的回报是:工作上,闺密终于强大到"小人"伤不到她;爱情上,碰到了一个如她一样丰富而美好的人。如今,她依然带着一张看向明天的脸,笑着,奔跑着。

我相信闺密的明天会越来越好,就像相信美好的事情会有连锁反应一样。一个人生活得有多认真,"明天"就会对她多认真。

记得大学毕业那一年,我到北京参加一场面试,和闺密挤在宿舍的床板上。聊起未来,我们达成共识:远离满身负能量的人,再难也要站在勤劳乐观的人群之中。

我喜欢勤劳乐观、没被生活磨灭掉热情的人，在他们身上有一种温和又强大的力量，走到哪里，都能营造出一种向上又美好的氛围。年岁增长，他们看到、知道甚至经历着世界的假恶丑，却依然不卑不亢地相信着真善美。明天之后，会有无数个明天，无数的可能性。在这样的日子里，一天天靠近自己想要成为的那个人，一点一点实现自己的小期待。

岁月如梭，唯一能抵抗无情岁月的，是生命本身的更新能力。不断地汲取水和养分，不停地呼吸新鲜空气，站在风里，获得自我的饱满、丰富、从容和慈悲。

愿你也一样——一边专心致志地扎根，一边漫不经心地绽放。绽放着现在，和未来。

人生不妨大胆一点，
反正只有一次

文·三月弯钩

刚上班那会儿，我看到那些整天戴着名牌手表的女生，就觉得特装。看到那些天天倒腾自己，面膜化妆服装搭配的女生，一直觉得特轻浮，肯定没什么内涵。我爱上跑步，每周3次，有人跟我说，你不要这样跑，你看那个谁，跑步跑得膝盖受伤，最后连山都爬不了了。大学时候，我有个同学，性格张扬，典型的跟谁都能相见恨晚的交际达人；我心里特别讨厌，觉得这样的人真虚伪，跟谁都好；我不屑做这样的人，也不屑跟这样的人来往。

上面的事情，有些主人公是我，有些不是我，但是在里面，我都能看到自己曾经的影子：有点墨守成规，有点偏激地固执己见；按照自己界定的规则生活，执拗地认为自己的观念才是人生的不二法则；还看不惯其他不按照此法则生活的人。

我想，过去的自己就是那只吃不到葡萄的狐狸吧。因为得不到很痛苦，或是实现的过程很痛苦，就告诉自己葡萄是酸的。用这样的方式安慰自己，从而达到暂时的心理平衡。我一直以为我是对的，时间却日复一日、年复一年如风沙般侵蚀我看似坚强却不堪一击的"石头"表面。

思想开始动摇，慢慢发现，芸芸众生，天才何其少，往往是普通人还没做好，却得了一身天才的毛病。那些原来固守的东西，未必有想象的那么正确；那些一直讨厌回避的东西，也许并不如想象的那么不堪。

所以，以上几件事情的发展也多了岁月这把刷子留下的印迹：有一天我发现，戴个有质感的手表还可以增加自信；闺密不愿看我整日不修边幅的样子，硬逼着我去打扮，教我简单的化妆，每天出门都感觉自己精神奕奕的；说跑步不好的同事，后来我看见他自己发大汗淋漓的照片，表示跑完步出一身汗真是太爽了；因为工作需要，我学着跟人相处，跟很多人谈笑风生，我发现这样也没什么虚伪，反而大家还挺喜欢你的。学会说话是一门艺术，能减少直来直去的性格伤人的机会。

你看，我们确实会变成我们自己讨厌的人。不过，现在的我却并不讨厌现在的自己。因为我变得包容性更强，我开始学着去尝试，学着清除自己给自己设定的条条框框，接触不喜欢的人，做一些不喜欢的事。在尝试新事物的过程中，收获不一样的力量。

有时候，我们习惯固守在自己画下的圆圈内，图一个安全舒适的空间。站在这个心理舒适区，看着别人做错了，就笑，你看吧，我就知道这样不行；看着别人做对了，心情就不好，然后酸溜溜地说，哎哟嘿，还真的做成了，我们走着瞧，看你能嘚瑟几天。

不管别人是输是赢，我的生活还是如此，并未受影响。最后，年年岁岁花相似，你还是原来的你，人家却已不是原来的人家。

不敢突破的原因很多，归结起来无非是：害怕现有的生活被打乱，害怕新的生活不如现在好。一句话：无法承担冒险的代价。嗯，悲观的人，总是如此。因为只会看到新事物那不好的50%，却忘了还有好的50%。

所以，为什么要画地为牢呢？为什么不走出圈圈去看看呢？如果没有第一个吃螃蟹的人，可能我们到现在都没有品尝这种美味的机会。如果没有第一个发明电灯的人，现在我们的城市怎么会灯火通明、五光十色？

有的人自嘲，为什么听过那么多道理，却依然过不好这一生。自嘲的差不多都是如我一般二三十岁的年轻人。二三十年，仅仅

> 指责别人是否永远比指责自己更让自己好受？因为贪图不痛不痒，所以选择忽视自己，责怪其他？

是人生的其中一段而已。很多年轻人，包括我自己，总是想要睿智地表现出看透世事的模样，其实是否就如辛弃疾写的"少年不识愁滋味，为赋新词强说愁"一样呢？

还有一个原因是，你就算知道所有的道理，可是你从未去践行过，这些道理跟你的人生就只有很少的相关性。所以，在你年轻的岁月里，你仍然还是过着什么都懂却什么都不做的日子。然后故作沧桑，说道理都懂，可是我却过不好这一生。

指责别人是否永远比指责自己更让自己好受？因为贪图不痛不痒，所以选择忽视自己，责怪其他？

有句老掉牙的英文谚语：No pains, no gains。一分耕耘，一分收获。当我决定开始正视那个"强说愁"的自己，正视那些我讨厌、其实是逃避的东西，我觉得我好像比以前更加勇敢。这种勇敢不是固执己见的孤勇，而是敢于直面痛苦的坚韧。

因为我开始明白，想要真正懂得那些人生道理，一定需要摸爬滚打，跟跄前行，切身体会过伤害，感受过温暖，这样才能拥有镌刻在生命里的人生箴言。而这一切，都需要你大胆地跳出框架，正视痛苦，尝试未知，去挑战那个畏畏缩缩不敢前行的自己。

有句话我很喜欢：人生不妨大胆一点，反正只有一次。

你还有梦想没实现？
太好了！

文·尚军

每个人都有梦想，或大或小，或近或远。可是，为什么有的人能梦想成真，有的人却迷失在了半路上？

1

琳琳打电话告诉我她自己的蛋糕店就要开张时，我由衷地为她高兴。因为，并不是每个人都能将梦想保持多年，并且最终实现。从高中跟她做同桌时起，我就知道她喜欢烘焙。我在电话里说："琳琳，你真幸运，想做的事就能做成，真让人羡慕。"

她说，其实并不容易。上大学那会儿，她从生活费里抠出钱去学做糕点，但父母不愿意她鼓捣那些面糊糊，这个小梦想也就这样搁浅了。毕业后，她顺从地进了一家文化公司，成了你在写字楼里常能见到的那种光鲜白领,头发梳得干练油亮,职业装整洁笔挺。可一下班,她立马换了个人,套上围裙,挽起袖管,一头就扎进了面团里。她不光做常见的口味,还很有创意地将自己喜欢的口味进行各种混搭,常常给人出其不意的惊喜口感。

父母看她是真喜欢这行,也就退让了,同意她开一家小店,先试试看。

"你知道我是怎么撑到今天的吗?"琳琳说,"在无数个想要放弃的时刻,我都在心里想,我还有个梦想没实现呢。太好了!我得想办法去实现它。然后,就觉得浑身充满了干劲儿。如果没有这个信念,估计这个店也开不起来吧。"

2

大宁,理工男一枚,学的是自动化,大学毕业后做了工程设计的工作,心中的梦想却是搞摄影。他拍得一手好照片,最喜欢在大马路上拍行色匆匆的人。"我常常在想,那一个个早出晚归、步履匆忙的人,衣饰不同、表情各异、神态有别,背后会是各自怎样精彩的故事……"

几年下来,他积攒了好几千张照片。他的作品多次登上报纸、杂志、网站,也拿过一些大大小小的奖项。不久前,还在一个朋友的帮助下,办了个摄影展。虽然规模真的很小,但也算有模有样。

"梦想成真的感觉爽吗?"我问他。

"还成。接下来希望能有更多机会去其他城市拍一拍,或者尝试一些别的主题吧。"大宁似乎蓝图在胸。

我跟他打趣说:"你这还有完没完啊?"

他说,总是觉得有事儿做,说明自己有想法、有激情、肯努力,说明自己心态不老,还对生活怀有憧憬,还对这个世界抱有好奇,这有什么不好?

3

不久前去爬华山,因为刚下过雪,路面结冰湿滑,走得格外小心翼翼。时间也就这么被耽搁了,最后只好西峰上、北峰下,其他几峰都没能登临,心中怅然若失。

下山路上,遇见几个遭遇相同状况的年轻大学生,却是一路有说有笑,很开心地拍着沿途雪景。其中一个小伙子说,从小就

> 越过山丘，才知道是否有人等候。也是越过山丘，才会发现远方还有更多的山峦。

在小说中看华山论剑，说华山险峻，"自古一条道"，就很想亲临实地亲身感受。今天来了，见到这么壮美的景色，已经实现了心中所愿，为什么不开心？

"可是，并没有登上最高峰啊。"我毫不掩饰自己的失落。

小伙子说："那多好啊。如果这次就把所有风景都看遍，可能下次我就不会有这么大兴趣了。留点遗憾，说不定我明年就会再来。或许是在春天，或者夏天，那会儿肯定会是完全不同的景致。"

越过山丘，才知道是否有人等候。也是越过山丘，才会发现远方还有更多的山峦。我们不能奢望每一座都能登顶，但只要一直走一直走，总能不断攀上新高度、看到新风景。

4

不管是始终未偿夙愿，还是不断有新的目标，心中怀揣梦想总是值得尊敬、令人感动的事。

只是，我们也常常听人说：我想考某某学校的研究生，但是复习资料好多，我怕自己不行；我想出国游学，但我的英语真的很烂，只好放弃了；我想有一个更苗条更健康的身材，但健身好累，我常常会偷懒；我已经很久不写东西了，此前我一直觉得自己能当作家的……

心想事成，只是一种美好的祈愿。现实的压力、鸡毛蒜皮的琐事、周遭的变故，包括人的自我成长，都会挤压梦想的空间。我们是从什么时候开始，一点点对困难妥协，慢慢放弃了自己的目标？

虽然，不管如何坚持、如何努力，我们也未必都能完全实现最初的梦想。但我很喜欢这样一句话："也许梦想存在的意义并不仅仅只是为了拿来实现的，而是有一件事情在远远的地方提醒我们，我们还可以去努力变成更好的人。"

只要生命还在，人生就会一直铺展。梦想不灭，就说明你还走在路上，可能明天就会实现。谁知道呢？

年轻人，
别总把别人的梦想当成自己的

文·苏小扬

前一阵子参加朋友聚会，听闻一朋友的青年旅馆越做越好，已经开第二家了，从原来的入不敷出到现在小有收入。想当初他砸锅卖铁地去创业开青旅，所有人都觉得撑不了多久，没想到他竟这么坚持下来，而且成功了。于是，大家都说他真棒，实现了自己的梦想。

这时，有人说："好羡慕他是个有梦想的人，那我的梦想是什么啊？"

众人突然安静了几秒。

听到有个人长长地舒了口气，他说："其实我以前也梦想做背包客，再去丽江、大理那里开个客栈。面朝大海，春暖花开。"

有人马上接着说："我也是的。"

"我好想去骑行西藏，去世界流浪。"

"我想逃离大城市，找个乡下种田，养花，养狗。"

顿时，好像打开了潘多拉盒，每个人纷纷蹦出自己的梦想。可说来说去，大家的梦想无非是去旅行、去开客栈、去骑行西藏，等等，无非就是逃离现有生活的圈子，过一种没有工作没有俗务的日子。

这时，有个人说："我的梦想很简单，就是天上掉下很多钱给我，我的要求很简单。"

大家一哄而笑，这个话题也就此结束。

可是梦想的话题从来都没有结束。从你小时候，老师就让你写作文：《我的梦想是××》，于是你就开始写：我的梦想是老师、我的梦想是作家、我的梦想是科学家、我的梦想是警察、我的梦想是宇航员……小时候的梦想是一个个职业和身份。

长大后，梦想就变成一个更为遥不可及的词。它可能不再是职业身份，而是不能到达的生活。80后、90后的青年们，如果你一问，十有八九，大家心中都有过骑行西藏梦，或者辞职说走就走梦，或者开客栈梦诸如此类的梦想。

而网络、媒体也经常在向人们传输各种旅行的梦想，环游世界、间隔年、背包客等概念，从一开始的新鲜，到如今几乎人人皆知。关于旅行的梦想，变成一种时尚、流行的梦想。最常见到的故事可能是某个人放弃原有安稳的生活和工作，追寻自己的梦想，行走、旅行，再做一名自由职业者。

于是大多数人的梦想也变得如此相似：放弃原有的安稳，去寻找动荡而富有个性的生活方式。可是真正做到的人又有多少呢？多少人不是酒醉时说一下，回头又到自己的寻常轨迹上走着。这种感觉，不就像小时候写的作文吗？写个老师认可的标题，凑个几百字，仿佛给自己贴了一个光明的标签，可以心安地站在大众的队伍里：我也是个有梦想的人，而且我的梦想也是很棒的哦！总是写完就是了，至于真的是自己想的吗，真的能做到吗，不用管了！梦想嘛，不就是梦里想的吗！

每次看到这样的人和我谈梦想，我一般开始都说如果你想好了就去做，那就支持你，有时我还是会感动一把的。可是看到他们后来的行为，我只想说你只是在做梦。梦想，在你没为它做过什么之前，它都不能叫梦想，只能叫"梦和想"！特别是，你们的梦想，真的是你自己想要的吗？是的话，你为什么没有为它做过什么？不是的话，为什么老是拿别人的梦想就说是你的呢？

为什么这么多人都拿相似的梦想放在自己的头上呢？说到

底，梦想是一种情感诉求。大多数生活在大城市的人们，一方面适应大城市的快节奏、高竞争度的生活，另一方面又渴望能逃离现有机制，于是辞职、旅行、逃离成为大多数人的梦想。

也许会有人要来打我："搞不好你这个人连梦想都没有，还敢说我们的梦想是拿别人的？"其实，我也有做个背包客，来个间隔年环游世界的梦想。可是，我从来没为这个梦想做过多少事，我没为它做过什么，我不敢告诉别人，我捂着它，就像小孩把硬币投在储钱罐然后藏起来，我不知道哪一天我才会砸开那个罐子。我也不否认这个"梦和想"，最开始就是因为看过许多人潇洒浪漫的故事和观点。

之前大冰的《他们最幸福》火了之后，有一些人说他看完书后就辞职去旅行了，让人发笑又无语。在书里，大冰曾提及他写这些故事的用意，大意是写了这些人的故事，不是为了让其他人也跟着去做，而是告诉人们除了平常看到的生活方式，还有很多人也过着不一样的生活，但是也是幸福的。幸福不应当只有一种模式，生活也不应该只有一种是对的。

当然，还有很多人经常说自己没有梦想，他们说我只想安静地过个小日子，结婚生子，有个房子住，有个小车开，这么平实的愿望,是梦想吗?谁说不是呢!舒服地和家人一起生活,你觉得幸福、有意义,不就好了吗?谁说梦想一定要高大上,一定要孤独前行的?它不应当是永远不能实现的,而是经过你大脑和心灵的辨识,你能为之努力,并服从你的价值观和人生观的东西。

所以,别老是随便就拿别人的梦想来说是你的。没有经过自己吸收、接纳的东西,不能称为自己的想法。没有为之努力的梦想,也别说是自己的。唯有那些为之努力、为之付出的东西,才是真正能够属于你的。每一次,当我看到有哪个人遵循自我实现梦想,例如在某个远离喧嚣的地方开了家客栈快乐地生活,或放弃安稳工作去追求年少时喜欢的艺术,又或为了自己的小家充满爱地奋斗,我都满怀敬意。梦想,是属于这样的人。

梦想的可能性，
让生活变得更有趣

文·韦娜

恋恋在微博上给我留言，说她十二岁时，看到电视上的空姐选拔赛，就梦想将来可以做一名空姐。无奈，她家境贫苦，为了能够当上空姐，她吃尽了苦头。恋恋曾攒钱去上空姐培训班，后因培训班倒闭而不了了之，折腾了十多年，如今二十五岁了，梦想依然没有实现的可能。恋恋觉得，随着自己的年龄越来越大，梦想却越来越远，一路走来，除了唏嘘，竟无留下其他。

就像被一样东西牵引着，你像个无助的孩子，跟着它走了许久，才发现这东西并不属于你。或者就像你爱上一个人，最终却错过了，你过上了另一种生活，你不知道曾经执着的爱是否重要。

最后的最后，她一直强调，说自己在思考一件事，就是拥有这样一个梦想的意义是什么呢？这么多年来，她所坚持的意义又是什么呢？她的思考，其实也是我的困惑。

我曾看过一个节目的街头采访，它问那些匆匆而行的路人，你拥有梦想吗？你的梦想是什么？还有一个主持人特别爱问来参赛的选手，请大胆地对所有人说出你的梦想，好吗？

真的，梦想似乎早已没了神秘性，或是已被人们说烂的一个词语。直到人们歪曲了它，有人早已把它遗忘，有人觉得它已没有存在的必要，有人羞于说出口，有人认为一切皆是不可违背的天意。总之，在别人面前说梦想，除非逼自己一把，你真的敢将这内心公之于众吗？

一次，朋友们带我去溜冰，我看到一个头发花白的老人也在摸摸索索地学。我看着他费力地站起来，努力地寻找着平衡，不时跌倒在地，又爬起来，我以为他会因一次跌倒而放弃，会因找不到平衡点而苦恼，未曾想，他一直努力地站着，摔倒，再滑……

后来才得知，他的孙子特别喜欢溜冰，曾梦想做一个花样滑冰运动员。他觉得这项运动太危险，一直阻挠，所以，他的孙子只好偷偷地来溜。直到那天意外发生，他永远地失去了孙子，每次悲伤来袭，他都无法自控。

一天，他突然想到了孙子的梦想，就只身来到溜冰场，一圈一圈地溜滑。他无法补偿孙子的，都留在了那一次一次跌倒的悔恨中。或许，他怀念一个人的方式，就是延续他的梦想，并在他的梦想中，找到与他共鸣的声音。我相信，他会在溜冰场找到平衡，而那一刻，他终会获得释然，也终能明白孙子的坚持。这，其实就是梦想存在的意义，它可以让人记得你，怀念你，去追寻你的步伐，并获得超越时间与空间的理解。

也曾看过一期节目，四个58岁的女人一起跳芭蕾舞，从她们的后背来看，依然挺拔、年轻，像四个优雅的专业舞者，自如地舒展在舞台上，完全看不出她们的实际年龄。

她们说，为了这次表演，一个梦想，每个人都跳坏了二十多双舞鞋。之前，亲人或朋友不理解，甚至会嘲笑她们，觉得她们的梦想太可笑了，可她们依然执着："我们就是要挑战最难的舞种，让所有人知道，芭蕾舞并不只属于专业的舞者，也不专属于年轻人。只要我们愿意跳，无论多久，不管多晚，都可以。"因为芭蕾舞的梦想，她们不再有退休后的失落，不再为琐事而烦恼，自然年轻，富有力量。

当你真正走在实现梦想的路上，你会发现自己的内心如湖水般平静，你游在其中，自如而舒服，你不会再幻想，你只是用力地挥动着手臂，享受每一秒在湖水中游泳的感觉。感谢梦想的牵引，让你一点点走出从前的自己。每个人都需要蜕变，正是那些蜕变，让你的生活变得有趣、有方向，而这也正是别人所梦寐以求却得不到的幸运吧？

就像《芒果街的小屋》中的女主角埃斯佩朗莎，她从小就有一个梦想，想走出那条只有几分钟就可以走完的贫穷的街，但没有人会在意她的梦想，也没有人会懂得她。所以，她只能一个人孤身前行，带着一个孩子小小的梦想。直到有一天，她实现梦想时，她才意识到，梦想并不重要，重要的是，她的生活因梦想的牵引，而变得丰富有趣，所有的苦难在她看来，都是阶梯。

埃斯佩朗莎说："我出走，只是为了回来，为了看看当年的街、当年的自己，也为了那些无法出走的人。"而这，也就是梦想的全部意义吧？

在世界任何角落的你，在夜晚哭泣或失落的你，在白天拼命努力的你，纵使前路风雨飘摇，也都愿你内心的阳光足够灿烂。

来一场"够本儿"的青春

文 · 魏薇

曾费尽周折采访过一个年轻人,和他一起逃脱纠缠不休的醉汉,绕过跷着二郎腿看电视的管理员,穿过在楼道里叮当做饭的房客,钻进他5平方米的地下室聊天。他一天只能吃一顿饱饭,但却每天都会赶在国家图书馆开门前到达,进去一坐就是一天。

还有她。一个让人心疼的"瓷娃娃",到目前为止已经骨折了31次。就是这个有着一副最脆、同时最硬骨骼的姑娘,却仍认为自己的青春赚到了。"人最大的需要,是被人需要。"她揣着国家二级心理咨询师证书,摇起轮椅,建了一所心理关怀中心。

两个年轻人,一个"赤手空拳,想要斗出一个春天";一个高昂起头,撑起命运的钢筋铁骨。他们都有一个近乎卑微的起点,却在通往人生高处的路上不断前行。那么,普通如你我,在过着怎样的青春?

26岁的童哲对梦想的炽热情怀感染到我,他在日记中写道:

"我不知道自己能活多久,不知道自己什么时候会没有体力去做,但是现在在做,我就已经觉得很幸福了……要么完成,要么死在完成的路上。"

他问:"那么你呢?"

轻轻一问,千钧之力。什么样的青春才够本儿?如何度过才不负最美年华?每个人心中都不止一种答案。至少,纠结如我,心中就有无数想法。杨绛先生对一位年轻人的批评对我同样适用:"你的问题在于读书不多而想得太多。"

你也许有一场轰轰烈烈的爱情,几次说走就走的旅行,也有过夜深高歌痛饮怒骂,或是三五好友结伴畅游。多彩就是青春的色彩,没有过荒唐,没有过愤怒,没有过抱怨,青春会失掉不少成色,但仅有这些,却可能失掉整个青春,乃至人生。

奋斗,终究是青春的底色。也许你会抱怨,一无所有,但只要有青春,就还有一手好牌。很喜欢这样的比喻:既然点了Start按钮,即便是Hard模式,也可以竭尽全力干一把。纵使身在困境,只要努力,也能抽枝发芽,将青春"吃干榨净"。

接受梦想的牵引,在学习中提升自我,有"马上去干"的行动力。这是我从那些精彩的青春中解读出的成功密码。

互联网时代带来的机遇超乎想象。工作、娱乐、获取信息之外，我们更可以利用这个巨大的宝库自我学习。各种各样的公开课、电子书、讲座论坛，人生的养分其实就在身边。哪怕每天只花半小时，都是一种进步。随着时间的推移，人生的提升会在不经意间显现。

移动互联网大潮席卷而来，在某种程度上，也宣告了创业时代的来临。不知你能否感知这火热时代下跳动的有力脉搏，很多"弄潮儿"，已经通过敏锐的嗅觉和超乎常人的努力挖到了人生的第一桶金。

这让我们思考。除了"机关里的小李""企业里的小王""工厂里的小刘"之外，我们是否可以做一个在创业咖啡厅里讨论下一轮行业增长点的"你"，一个全力付出只为能改变山区孩子命运的"我"，一个为梦想不畏艰辛、不计代价的"他"？

青春的美妙，就在于无尽的选择。不管崇尚"爱拼才会赢"，还是只追求"稳稳的幸福"，只要你听从内心的想法，敢想敢拼敢干，那么，青春就是"够本儿"的。

纵然青春留不住

文·夏苏末

窗外,夜凉如水,空气吸进喉咙仍然空荡荡。记得大学时候,我和室友们总喜欢在熄灯后的夜晚,躲在被窝里开卧谈会。几个人脑洞大开聊得火热,但最后话题总会落到生活里,我们常常畅想未来的生活。

室友A是热爱旅游的文艺少女,她做着几份兼职,期待毕业以后能在云南开一家客栈,养两只狗三只猫,房间不必太多,但每一间都要有特色。她早早就给客栈起了名字,对我们豪迈宣布:"你们随时去任意去,免费入住。"

室友E毛笔字写得极好,从小跟着奶奶学唱黄梅戏,但她更喜欢缩在厨房里做饭。她说:"我的梦想是做一名完美的家庭主妇,在慵懒的阳光下洗手择菜,烹饪美味可口的食物。"

室友M古灵精怪,她说:"我从小最大的梦想就是做个商业女王,我要把A的客栈开遍全国,然后把E的美食包邮到每家客栈。最重要的,就是在每个客栈旁边开一家梦想回收站,低价收购高价出售。"

时间给得起旺盛的向往,年轻本身已是光芒万丈。

当然,成长经历过迷茫和窘境,经历越多,就越能看到世界的宏大和自己的渺小。生活不是平铺直叙的,每一件突发事件都会将你的生活推向未知,你无法掌控又无可奈何。

毕业后的我们逐渐明白,心血来潮的美梦来得快去得也快,而真正的梦想往往很不起眼。你可能倾尽全力也不能到达,但随着时间的流逝,它会在你身上刻下印记。

A没能成为客栈老板娘,而是成了房地产公司的部门经理;E的确每天都在品尝不同的美食,却是别人做的,她现在是一家美食杂志社的编辑;M的商业帝国成了海市蜃楼,她现在是马尔代夫的一位潜水教练;我也是,当初一心期待去杂志社的我如今做着严谨的财务工作。我们都没能成为当初造梦时所期待的自己,也没有不顾一切去改写现状,但是这并不代表梦想真的逝去,它消失在眼前却藏匿在心底,然后慢慢地改变了我们。

A的业余时间都在学习室内设计,她还在网上发了自己出租房装修前后的对比帖,她写的低成本装修攻略大受追捧;E是一家公益组织的志愿者，周末为空巢老人收拾房间洗衣做饭，陪老人们聊天；M开了一个学潜水的微博，发布许多被采访的游客的故事，在这里，你会发现原来世界上有很多人用你未曾想过的方式生活着，彼此有着不同的价值观，纷繁有趣，让理解的人共鸣，让不懂的人叹息。

成长的过程就像一面镜子，透过它，你可以看到以往脸颊绯红满心期待的自己。时光垂暮，镜中所窥的景象已经物是人非，你也惊醒于自己青春不再的现实。因这回忆，你却可以重省一次自己，在逐渐消逝的岁月里，再度找到一个昂扬的凭借，为日后的所行所为赋予一层新的意义。

你看，生活真的没有我们想象中的美好，却也没有想象中的糟糕。好的生活不会让你事事顺遂，坎坷磨砺颇多，却也让你变得柔软了。

青春的纪念物，从来不是年轻的腰肢和使不完的力气，甚至也不是那些未完成的遗憾和痛苦。青春最珍贵的礼物，是没心没肺的遗忘能力，年轻的我们总能比现在更轻易去忘掉不美好，因此也比现在更多地感觉着生命的喜悦。

生活从不会因个人喜好而改变规则，我们多数时候需要经历许多好与不好之后,才能确定自己最后的选择。

　　成熟并不意味着放弃对美好的向往,而是学会接受现实,学会在现有的旧物上拥抱新的快乐。纵然青春留不住,也不要为此耽搁行程。

年轻人，
没事不要老躺着

文 · 伊心

"海明威阅读海，

发现生命是一条要花一辈子才会上钩的鱼。

凡·高阅读麦田，

发现艺术躲在太阳的背后乘凉。

弗洛伊德阅读梦，

发现一条直达潜意识的秘密通道。

罗丹阅读人体，

发现哥伦布没有发现的美丽海岸线。

加缪阅读卡夫卡，

发现真理已经被讲完一半。

在书与非书之间，

我们欢迎各种可能的阅读者。"

这篇《阅读者群像》，是台湾作家李欣频给诚品书店写的文案，是经典的文案案例。

是不是很有才华？李欣频是对我影响很大的一位作家。但是，最让我喜欢的不是她的才华，而是她的生活态度。

这些年里，她坚持每天读一本书，看一部电影，每年至少去一个新的国家旅行。作为职业作家，她还出版了几十本书，并且教授创意文案课程，在各地奔波演讲、做分享……

她现在46岁了，仍然美丽，优雅，充满智慧。且这智慧不断累积，让人简直要忽略掉她的年龄，只看见她无与伦比的才华和阅历。

在她的一本书里曾谈到对"创意"的理解，她说："我一直想要突破现实框限，过一个'自主、自由、自在'的人生……这样的生活，让阅读、写作、写文案、出国旅行、看电影与表演、演讲开课等各个面向都mix得完美，所以对我而言，没有'工作'的概念，只有'生活'的概念，我只想创造每天非凡的生命经验，只想把每一天活得无懈可击。"

我真喜欢这样的生活态度——最大化自己的生命体验，在有限的时间内活出两倍以至N倍的丰富。

我看过太多的年轻人，将二十多岁活成了五十多岁，甚至六十多岁、七十多岁的样子。下班后一躺一晚上，周末一睡一整天，只需要一部手机、一张床就能消磨掉全部的好时光。

微博刷来刷去，不过是来自世界各地的段子集锦；朋友圈都能背下来了，不过是谁去看了电影谁又发了什么牢骚。视频网站关上一个又打开另一个，对着屏幕上别人的爱情别人的生活长吁短叹，自己却在工作的烦躁、生活的无趣里无法抗拒。

这样的青春，不是耗在了路上，而是耗在了床上。不是迸发着热情和火光，而是在泥潭里越陷越深。于是身体走不了万里路，心也混混沌沌，两双手只知道困守在手机旁。

以前多少人躺在床上吸鸦片，现在多少人躺在床上玩手机。连姿势都没变。

所以，你还抱怨上天没把美好的生活给你？那是因为，你从来没亲手去创造过美好的生活，更没尝试过将自己的人生过得妙趣横生。

纵然我们无法像李欣频那样因为才华而自由，但至少可以让自己在忙碌的工作之外，找到除了玩手机、刷微博、抱怨吐槽之外的更好玩的乐趣。

我有一个朋友，也是每天一本书一部电影。有人问她，看一部电影至少一个半小时，而看一本书更远不止一个半小时，你是怎么做到的？

她说："我在地铁上看下载好的电影，不管是在去见客户的路上还是在等餐的时候，我都带着要看的那本书。所以，我只是把刷微博和朋友圈的时间省下来了而已。再换句话说，我只是把手机换成了书。"

去年这时候，同为绘画白痴的我和她一样，想要学些简单的绘画。一年过去了，我还是绘画白痴，可她已经能够画出一些漂亮的水彩画了。

我也问她怎么做到的，是不是找了老师？她说："没有，我就是买了一本水彩画入门书，每天学着画一点儿啊。"

听了她的话，我真的很惭愧。看到她因为学到了新鲜的东西、看到了新鲜的事物而充满热情的态度，我更加惭愧。

毕竟我有好多这样的时候，觉得生活好无聊人生真没劲，所以提不起来精神去对待任何事情。

人生多年，生死难当。可怎么样才叫活过？谁也没有定论。我只知道，我的青春不要只是躺着。更不要垂垂老矣手脚都不能动弹之时，躺在暮色将至的床上，回想过去的漫长的一生，后悔自己竟然从来没有过一次酣畅淋漓的付出、一次说走就走的冒险、一次义无反顾的爱情，竟然全都是躺在床上刷的微博段子、歪在沙发上做的白日之梦以及大片大片的空白、浪费与虚度。

我还想我的青春活得精彩一点，再精彩一点。

前几天，我在一篇文章里写道："一个人，也要有热气腾腾的生活。"有人留言说："怎么样才能有热气腾腾的生活？"

我觉得只需要四个字："别老躺着！"

人年轻时，
多读一些好书到底有多重要？

文·喵姐

1

一直很喜欢安静的图书馆和书店，因为只要用手掌抚摩那些书的脊背，内心便是莫大的宁静。置身那一片书海，外界的一切吵嚷仿佛也在顷刻间消散，原本躁动的心渐渐平静下来，伴随着书香沉淀。

那些旷世奇作，流转了几个世纪，而今依然不败。当翻开扉页，纸上的文字就穿越了时空来到眼前，悠然曲折地诉说起往日动荡的岁月人生。

那一刻，我的心里泛起涟漪，叹这千古流传、惊心动魄的美。

看书，是一个人与心灵对话的过程。我们从书中找到自己，也找到世间的真相。

2

一位读者朋友给我私信,他说,今年高考失利,没有被大学录取,不知道该怎么办。虽是只言片语,我却看到了灼人的焦躁与不安。

一方面,他对未来没有底气。在这个研究生都削尖了脑袋投简历、找工作的时代,高中文凭是那么苍白无力。现实如此,学历是块敲门砖,对于一个初入社会想要站稳脚跟的人来说,尤为重要。

另一方面,他对人生充满迷惑。当我问起,是否有一项爱好或特长,他回答含糊,转而反问:就算有,要到哪里学?语气里透着否定与失望。

后来,我尝试提供一些建议,除了复读以外,比如看看家附近有没有会技术的老师傅,拜见拜见;再比如,去网上搜索学习需要的资料;再就是多逛书店,读认识自我的书,通过思考过往的人生,认真发现问题,这样去做,定会有所收获。

虽然他一直在抱怨家庭、学校、人生的种种不如意,但是抱怨不能解决问题。要解决，唯有面对。一个人有时间找陌生人去抱怨，那为什么不把时间留给自己，去琢磨什么才是内心真实所想？毕竟，这世上没有人会比你更了解你自己。

如果不能从过往的人生经历中找到答案，还可以去浩瀚书海里乘风破浪。一本不够，读两本，书读百遍，其义自见。

3

我们要解决一个问题，就应当一层层深入要害，找到其本质和内核。这就好比人生，遇到很多困难，其实最大的原因在于自己。很多人不相信这个道理，不愿从自己出发。这一点，恰恰就是常被忽视的关键。

书里说："吾日三省吾身，为人谋而不忠乎？与朋友交而不信乎？传不习乎？"这是告诉我们，自省的重要性。"玉不琢，不成器"，这是说，一块玉不精心雕琢，就不能成为有用的器物，一个人不努力学习，就不会成为有用的人。

古人的智慧，直到现在都在启发人的心智。可如今，能做到的又有多少？很多人说，现代人爱读书、会读书的太少了，我们都在浮躁地生长，少有沉淀自我的时间。所以，才会在日复一日的生活里，活得麻木机械，失去希望。

4

人年轻时多读一些好书到底有多重要？

读书，首先可以修炼一个人的气质、雕琢他的思想、升华他的人格。

我有一个作者朋友，家中藏书万册。他谈吐不凡，为人精巧，这一点从他写的文章中便可略知一二。因为一个人读的书越多，他便越能通晓道理，就越能透过表面看到内在的矛盾冲突。所谓动之情、晓之理，所谓知书达理。所以，很多时候，若你充满了困惑，何不静下心来，喝一杯茶，看一本好书。

也许答案就在书中，迎刃而解。

再来，读书能让你拥有丰富的人生体验和澄澈的心灵感悟。

或许你没去过北极，没到过冰岛，没见过密西西比河沿岸葳蕤茂密的森林，但书能带你抵达，每一本书都会留给读者宏大的想象空间。无论是社科学术类的工具书，还是文学戏剧性的故事小说，都能为你展现不一样的世界。感受那份心灵的震撼，这便是文字永不消逝的魅力。

读书，还能为人生指明出路，照亮前进的脚步。

很难说，要读多少书才能改变人生、改写命运，但我知道不读书一定不会有任何改变。前段时间和朋友聊，我问起今年的计划，很多人都说九月就要读书了，我很吃惊，说你还没毕业吗。他们摇头，不是的，是工作了之后突然发现还是读书好啊，要多读书，然后笑称：回炉重造。

所以，如果真的有一天，你的人生出现了困境，还能去读书的话，就努力拼一把。毕竟，在充满荆棘的人生之路上，枕边还有好书相伴，你会被这份力量鼓舞，为这份恩赐动容。

5

都说身体和心灵，总要有一个在路上。

如果可以，我希望有生之年，只要你还走在这绚烂的人生路上，就永不放下握在手里的书。要让那些书，那些隽永的文字融入血液，流进骨髓，雕刻灵魂，伴着这一生，永不止息。

要相信,你的气质里,藏着你走过的路,读过的书,跑过的步,看过的风景,爱过的人。

多读书吧,活到老,学到老。

好的书可以一读再读,就像好的人,会一生难厌。

最可怕的并非活得平凡,而是正在过着一种平庸的生活还觉得理所当然。

上苍有时候也会偏爱低调而素朴的人，
会冷不丁地，用盛大而隆重的方式，
回馈他们的安静和简单。

我既不生活在过去,
也不生活在未来,
我只有现在,
它才是我感兴趣的。
如果你能永远停留在现在,
那你将是最幸福的人。

《牧羊少年奇幻之旅》

愿你也一样——

一边专心致志地扎根,

一边漫不经心地绽放。

不是生活难过，
而是你难过

文 · 陆小墨

我从初中开始，就成了一个好胜心很强、也很看重结果的人。原因很简单，我想让父母注意到我，想成为他们的骄傲。

而那时能带给他们最大的荣耀就是我的成绩。于是我就很努力很拼命地学习，可以毫不夸张地说，初中那段时间是我这二十多年来最认真的几年。

因为很在乎成绩，自己的心态会变得不平和，我总是很计较得失，也很在意别人的眼光。如果某一门期中考试因为一念之差损失了很多分，回家后我就会特别难受，甚至把自己一个人关在房间里，晚上无论父母如何安慰我，我都不会允许自己吃饭。

我也很在意老师的目光，那时候就是属于那种在课堂上会特别积极发言的人，老师的问题都会很认真地回答，就算有时回答错了，也会课后跑去向老师请教。

当然，我也变得喜欢挑朋友结交。为了让自己能够更快提升成绩，我课后总是会和那些原本底子就特别好的人玩在一起。渐渐地，我的朋友圈从原来打闹玩耍的人变成了学霸级别的人。

至今我都非常后悔的一件事，是我把小学时特别好的玩伴写给我的一封信交给了我妈，然后她告诉我，别再和这个女孩在一起，她会影响你学习。直到后来我的心智逐渐成熟，才意识到我的行为对于一个用心待你的人来说，是件多么寒心的事。可笑的是，那时候我还真的很畏惧我儿时的好友，怕她会带坏我，所以见到她都会离她远点。

因为很难有可以聊天的朋友，我把心事都写进了日记。有次无意间翻看到那时的日记本，入眼的文字都是很阴暗的，甚至是伤害自己的。

"明明不开心也要假装很开心吗？你一个人走回家，那么冷冰冰的冬天，难受早就没了，剩下的是麻木。"

我觉得很幸运的是，这一路走来，我没有变得越来越极端，反而是越来越能够安抚自己，慢慢寻找自己最想要的生活状态，寻找快乐。

我知道，也许别人的夸耀和荣誉对于我和你来说，都很重要。

也对，我们一直都是活在别人的期许下的，但你之所以不快乐，无非就是你永远不能让欲望获得满足。

这就好比，有钱的人永远嫌钱少，有权的人永远渴望更大的权力，欲望像个雪球，越滚越大，而你那弱小的身体根本支撑不住这样的东西。到最后，它也许像黑洞一样吸食你的精魂，让你永远在一线光明和永久黑暗里徘徊。你不会真正地快乐。

有个姑娘跟我说，她一直都觉得，快乐是一件奢侈品，生活的常态无非就是日子一天比一天难过。虽然看起来一切都很好，在知名的学校上热门的专业，家人也都安好，她也很有上进心，但总觉得自己努力了也得不到褒奖，付出了也总是被遗忘，那些快乐对于她来说就像是远处的灯光，而她却一直在黑暗里徘徊。

但其实，生活并没有那么难过，难过的往往是我们的内心，以及我们对待生活的态度。当你能够从内心接纳快乐，而不是从外部获得你的快乐，那你的生活也会变得有滋有味起来。不会因为别人的不认可而难过，也不会因为自己付出努力没有回报而伤心太久，更不会觉得快乐离你很远。

那什么是内在的快乐呢？

我想给你讲一个我身边的故事。她是我最近认识的一个人，怀了六个月大的宝宝。我很喜欢她的生活状态，翻看她的朋友圈，那是活得很有品位的人。

她平常的工作很忙碌，但是因为喜欢烹饪，她经常会在周末无聊的时候做上一顿丰盛的午餐，然后叫上有时间的好友一起尝尝她的手艺。

她只要有空，一定会去花店买上一束雏菊，用从国外淘回来的器皿装盛，摆在客厅里，然后放上一段音乐，躺在沙发上看书。

有时候得空，她会约上好友去看一场话剧，穿上刚买的漂亮裙子，化一个美美的妆。

她喜欢画素描，有时会花一晚上的时间画一幅画，然后用从网上买回来的框架裱起来，挂在房间的某个位置。

最近，她做得最多的一件事就是给自己未来的宝宝写日记，那本日记本上有很多可爱的图案，也有很有趣的对白。

她是个会自己寻找快乐的人，不需要通过别人来寻求她的快乐，很多时候都是她在主导自己的情绪。自然也是会有难过的时候，但大多数时候都会通过适当的方式排遣出去，实在忍不了就会向亲近的人诉说，然后又变成自我生长的小太阳。

你对生活是什么样的态度，它自然会回敬你什么样的状态。

这个世界不只有成功学，还有一个叫作幸福学。而我们终其一生追求的不应该仅仅是成功，而是这一生的幸福才对。幸福并不只是房子、车子、金钱、地位，还应该是发自内心的舒畅和笑容。

别再说快乐是一件奢侈品，我们都该学着放松一点，让快乐慢慢靠近。别抗拒，也别躲避，学着快乐并不是一件罪恶的事。

你那么美好，并不适合黑暗。

生活的坑都是自己挖的

文·马德

看起来，一个人把自己交给痛苦，比交给快乐更容易一些。

譬如，听别人讲话，听到最后，耳朵里只会记住两类话：最愿意听的和最不愿意听的。然后，喜欢听的未必化成快乐，但不喜欢听的一定化成了痛苦，其他的都化成了风。

有时候，风都早已刮过去了，一颗心，却还在一片无关痛痒的云彩里下着雨。人的选择性就是这么顽固，顽固得近乎荒唐。也就是说，你本可以云淡风轻地活，然而，却无缘无故地受了伤。是的，有些伤害是主动来找你的，而有些伤害是你自找的。

好多人强大的想象力，都用在了自戕上。八竿子打不着的事情，稍加勾连，就能安排在自己身上。那边还没风声鹤唳呢，这边早已四面楚歌了。就这样，在近乎扭曲的想象力中，完成自戕，又在自戕中，进一步扭曲着自我想象力。

这个世界上没有愿意自讨苦吃的人，但许多人每天都在自讨苦吃。也就是说,你还没与这个世界真刀真枪呢,先在心底里,与另外一个自己厮打到不可开交。

好多时候,是自己把自己折腾累了,自己把自己纠缠烦了,然后,这个自己挣脱不开另一个自己。坑其实是自己挖的。光阴的泥淖里,多少人,都是自己逗着自己玩。

如果生活没有对你曾经犯下的错误做出惩罚,你要告诉自己,这是宽恕。但不要因此而得寸进尺。或者说,你不能因此而欺负生活。生活不想以此纵容谁,只是想让所有人明白,谁都有犯错的时候。

有的人,等到生活开始惩罚自己了,才想起后悔。这样的忏悔,不值得原谅。从无意犯错到故意犯错,应该推敲的,不是人生,而是人性。为恶的人性辩护,本质上就是怙恶不悛。

也不要把这一切推给命运,既然所有的结局,开始就已经料到。所有的惩罚,都是水到渠成的铺垫,不要让命运为你的贪婪埋单。在欲海里浮沉的人,个个都是亡命徒,为欲望亡命,是已经注定了的结局。

这个世界,有侥幸,但不宽恕侥幸,不要把自己一步一步拖到付出代价的境地。生活中一切的罪与非罪,罚与非罚,良心会

> 不去欺负生活，生活自会安妥地待你。清白干净的灵魂，特征只有一个：无愧过往，不畏将来。

有知，光阴会有知，天地会有知。不去欺负生活，生活自会安妥地待你。清白干净的灵魂，特征只有一个：无愧过往，不畏将来。

这个世界上，有两种人难败：太要面子的人和太不要面子的人。太不要面子的人是不怕败，太要面子的人是不敢败。

虚荣的人属于后一种。由于太在乎面子，虚荣的人终会被虚荣所伤，但无论多深的伤，虚荣又是最好的创可贴。

因为，于他们来说，一方面怕别人看不到自己的好，另一方面又怕别人看穿自己的不好。于是，虚荣很好地炫耀了自己，也妥善地遮掩了自己。

只要能在人前风光，心底受多深的伤都愿挨着。虚荣的人，一辈子，为了这点荣光和浮华，透支着人生太多太多的东西。然而没办法，相比于取悦自己，他们更愿意取悦世界。因为，只有在别人的艳羡和嫉妒里，他们才能找到自己，才会找到快乐。

在虚荣的路上走多远，就会有多伤。虚荣的人不敢转身，因为一转身，就会看见千疮百孔的心底，以及，委屈受尽的苍凉。

虚荣是虚荣者一生的宿命。他们只能往前走，也必须往前走。虚荣的人，是这个世界走丢的孩子，喊也喊不回来。

你风声鹤唳,
生活就四面楚歌

文·马德

人活得拧巴了,日子就水分四去。一截水萝卜,从外败到内,从枯槁走到糟糠,泽润尽散,便气象全无。鲜美的日子,其实是一段一段的鲜美心情,氤氲,蒸腾,或者,安静,散淡。

生活有时候是这样,一眼望过去,是平展展的一块地,等到走过去,发现是个泥坑。心里是奔着简单去的,陷进去才发现是复杂。

是生活故意刁难我们吗?不是。凡是抱怨生活的,都是先跟自己过不去。然后,才觉得,生活与自己四面为敌。我们似乎只能往前走,停下来就难受;只能往高走,低一点就恐慌。好多人都没有了停下来的能力,也失去了甘居人下的淡然。欲望挺大,想法很多,还要生活处处将就着自己。

你给生活意境,生活才能给你风景。你风声鹤唳,生活也只好四面楚歌。

更多的时候，是我们把自己给吓住了。本来衣食无忧，但状态好像一直还缺吃少穿。奔忙，慌乱，周旋，苟且，仿佛自己顶着宇宙呢，一放手，整个世界就会坍塌。需要不需要的，都想要；该得不该得的，都愿得。自己把生活搅浑了，然后，一边抱怨，一边遥望澄澈。习惯于看别人的脸色，却从不看自己的脸色；习惯于在乎别人，却很少在乎自己。一天到晚，为自我的虚荣买单，还说是被生活所迫。

生活就在那里，一动不动，是自己的心在宕动，按捺不住，风起云涌。等到失败了，溃散了，又一股脑儿把怨气撒给生活。

风雅一杯茶，逍遥一壶酒。即便寄情于茶酒，风也在，雅也有，却终难见逍遥。素常的一杯茶里，一壶酒里，也附加了太多沉重的东西：金钱，名利，权力，都要在这一片汤色中浮沉。灯红酒绿，推杯换盏，然后，鸡鸣狗盗。当愉悦精神和灵魂的液体里，也布下了欲望的天罗地网，就难怪，所有的浮躁和喧嚣，都要流转在人体的血脉里了。

不想好好活，自然活不好。无论折腾谁，最终，折损的还是自己。

当你想着往回走的时候，走不回去了；当你发现烫手的时候，已经放不了手了。当寒意刺骨的时候，发现第三道纽扣已经系不上了。西风独自凉，都是自找的。

烟柳画桥，风帘翠幕，人生多少风景，终不抵内心的自在和轻松。这种醇厚的滋味，其实就是六个字：安静，干净，知足。

浮华与喧闹，尘埃般散尽。唯此六字，最得风流。

人生是一场抵达

文·马德

　　人心有时候就是这样的：你若是满足不了它，你就得说服它。若两样都做不到，它就会让你痛苦。有时候看起来，是我们跟世界周旋不易，其实呢，是跟自己相处很难。

　　当然了，这都是欲望在捣乱。可是，人也不能没有欲望。莫言刚开始写作，只为了吃上饺子，最后，他拿到了诺贝尔文学奖。我觉得，这于他，本质上也只是吃上了饺子。只有欲望不是那么大的人，大荣誉来临的时候，才会宠辱不惊。咋咋呼呼的人，离喧嚣很近，生怕别人记不住自己，反而被遗忘得更快。上苍有时候也会偏爱低调而素朴的人，会冷不丁地，用盛大而隆重的方式，回馈他们的安静和简单。

　　好多人，起先幸福目标也都很小，但走着走着，心就跑到了前面。能力不大，欲望却很大。身子板只能扛几十斤，却总想着几百斤的东西，所余负荷，都叫妄念。然后，这些非分的重量都会过载到心上。太想一口吃个胖子的人，身子未胖呢，心先虚肿，这样的痛苦，都是自找的。

人世繁华，多少人，不过是为了一场虚荣物质的抵达，有几个人能在精神深处修行？前几年看电视，说画家黄永玉在老家凤凰、北京、香港、意大利都有自己住宅，大房子，且这些房子的窗户，一例都特别的大，宽敞到人都可以在之间徜徉。我当时想，为什么要这么大的窗户呢，为什么要那么奢华呢？后来，我读到他写的《永远的窗口》，忽地明白了，知道那不过是他年轻时的一个梦。也就是说，一无所有的时候，他已经提前预约了这场精神的奢华盛宴——一扇大窗户。于是，之后所有物质的积累，只是为了抵达这场旅行的目的地。

这样的抵达，没有浮华，没有炫耀，没有虚荣，只是为了愉悦内心。先生或许只是想在灵魂里，为自己开一扇大大的窗吧，然后，面向大海，太阳，以及，人世春光。

前两年，我经常光顾一个卖羊杂的小饭馆。除了那里的羊杂汤好喝，还有一个原因，就是喜欢那里的老板。这是一个好玩的人。我每次去吃饭，总见他在离柜台不远的桌子上，一个人喝茶。很精细的一套茶具，都小小的。那个茶杯，也不过手指肚那么大点，透着亮，是极好的瓷。他一边喝，一边朝你眯眯地笑，他未必认识你，却要那么友善地看着你，温暖，干净，仿佛是前世的亲人，要与你相认。有时候去，他不在。问店里的人，说他去旅游了，而且，骑单车。据说，他一个人骑车去过西藏、新疆、内蒙古，白山黑水，也沿着黄河流域走过。一个店员说，他差点死在路上。另一个接着补充说，我们老板很会玩，活得可幸福呢！

我相信，这样的人，活着是幸福的。

这个世界，只有从欲望的泥淖中解脱出来的人，才会玩，才会好玩。有好玩的人，才会有好玩的世界。美好的人生，原本就是一场抵达，它不是从物质的此岸到彼岸，而是从不好玩变得好玩。

这样的抵达，需要的不是富有，而是简单。

现在的你
是自己曾喜欢的样子吗？

文·沈善书

有一段时间我经常问自己，到底有没有能力过上自己想要的生活？现在的生活真的满意吗？这些问题睡觉前我都会问自己，但我并没有给出自己满意或者不满意的答案。要给生活下定义不容易，起码得等到真正老去之后，历经几十年的风风雨雨，才能给自己走过的一生盖棺定论。

但是现在，我又被这些问题困惑。我问过身边一些朋友，我说你们现在的生活是曾经想要的吗，或者满意现在的境遇吗。有朋友笑我矫情，说文艺青年就是喜欢刨根到底想问题。也有朋友说知足常乐，祖祖辈辈都是这般一代接一代地过活日子，得过且过行了。还有朋友说，就算不满意现在生活也只能这样，要不然还能怎样。

是了，我一直询问自己到底能不能过上自己想要的生活，现在的生活状态到底是不是自己所喜欢的，其实归根到底都是庸人自扰。别人没有的，我得到过，别人拥有的，我也会艳羡，但人与人之间无外乎都是在你看着我我看着你的状态下过生活。与其想太多不如付出行动努力，因为我一直都相信努力之后的付出能得到收获，如果得不到，再换角度换方法再次出发，如果还得不到，那么我认命。认命于我而言不是妥协，而是我走不通这条路，换一条路再走。

既然过自己想要的生活得需要资本，既然没这个资本就得去赚取资本，那么现在该我赚取资本的年纪我又何必总是杞人忧天想太多？很多东西也许比别人稍微晚一点、慢一点得到，但是没关系，反正赚取到了资本后早晚都会有。

真正过着自己想要的生活就是把无数个今天过好，这些今天组成在一起便是自己想要的生活的样子。你说青春原本应该张牙舞爪，去想去的地方成为想成为的人。于是太多人说走就走地裸辞，提前透支存款去挥霍，问父母要钱满足自己招摇过市的虚荣。只是你忘记了，真正的勇气与能力是把今天过好，在循规蹈矩的生活里过出五颜六色的光芒。

我对过上自己喜欢的生活的重新理解便是把今天过好。这意味着既不辜负亦不蹉跎时光，换个姿势态度围观这个世界，因为能把今天过好这也是我在努力活成自己喜欢的生活的一部分。等到无数个今天过完后，当我再回过头看，兴许曾经发生的一切都是按照自己喜欢的方式进行的。

如果你愿意，过上自己喜欢的生活成为自己喜欢的样子其实很简单，就是好好对待今天。譬如，你想成为让自己都赏心悦目的人，那么就得在今天锻炼身体，坚持好一件专长并发展其他辅助爱好，学技能，做某个领域的达人，学会养身，研究适合自己的穿衣搭配，努力朝着职业发展领域晋升，等到经过一段时间后，你想要的样子就会渐渐凸显，旅行也可以实现。

你想变得有钱，想成为画家、作家、舞蹈家、歌唱家、设计师、老师、商人等等，只要心中怀有那些符合自己实际现状的梦想，那么就得在今天付出努力，把今天过好，让时间来检验你的付出。等到梦想实现时，曾经奋斗过的过程，其实也是你所喜欢的过程。至于明天或者未来一周，半个月，一个月等，则可作为长期规划，让自己有目标追求。

那时候我不甘心以后过着一成不变、按部就班的生活，我说我要努力挣钱完成自己想要完成的梦想。但是好友阿甜告诉我，所有的不甘心到你生儿育女接受了生活的施压后都得变成甘心。阿甜23岁，女儿现在1岁。她说她也不甘心这样类似于黄脸婆的生活，洗衣做饭带孩子，但是她告诉我，自己无能为力时别归咎于生活，也别总是说不甘心，要么有本事豁出去过上想要的生活，要么在不甘心中活成自己甘心的样子。

阿甜每次出门都要精心打扮自己，如果不是她亲口说，旁人看不出她是一个已经结婚生子的女人。柴米油盐的生活谁都要操劳半辈子，她在家时会主动做家务，学习一些育儿的经验，但是她不会因为生活而生活。她也有梦想，因为她打算考公立医院，朝一名优秀的护士长看齐，所以她除了每天坚持阅读以外也会看医学类书籍。总之，阿甜就是在不甘心的生活中选择自己甘心的态度来过日子。

最痛苦的不是梦想泯灭或者夭折于现实，而是现在回望年少时热血沸腾的梦想却再难启齿。还有，最可怕的并非活得平凡，而是正在过着一种平庸的生活还觉得理所当然。

人生你千万别急着去看透，要一步一步走、一点一点看，若是全看透了，会多无趣。

太强很累，
其实不强更累

文·孙晴悦

在大学里，是敷衍度日勉强毕业；还是争分夺秒，专业、社交，哪项都不能落下？

临近毕业，是选择考研，赌一个也许更好，但却不确定的未来；还是随便找一份工作，平淡安稳？

工作两三年，新鲜劲散去，是接着奋勇向上；还是调到一个清闲的岗位，岁月静好？

如果提出以上问题的是一个女生，那么大部分的七大姑八大姨加上路人都会说，姑娘不要太辛苦了，姑娘不要太强。

因为太强很累。

好像有那么点道理。在这个世界里，好像让姑娘不要太累，天经地义。可是不要太强，到底是什么意思？不要太强，过得就真的比较好一些吗？

Paloma 是巴西一家电视台的女记者。2008 年的时候，我们就认识。当时，北京奥运会，我给那家电视台的奥运报道团当翻译，她是那个报道团最年轻且是唯一的女记者。

那一年，是大二的暑假，我看着全天候 24 小时连轴转的记者报道团，瞬间明白了为什么这个行业绝大多数都是男生，且做得出色的也都是男生。

很简单。因为电视行业太累了啊。且不说能不能熬夜，就是需要帮摄像拿三脚架、坐在任何地上都能开始编片的能力，女生确实天然弱势。

Paloma 是体育记者。我问她，巴西是不是也和全世界任何一个地方一样，成为著名电视台的出镜记者，特别特别困难？女生做电视，是不是特别累？

当时，我记得已经一个通宵没睡觉的巴西姑娘，寥寥数语。她说，做电视确实太累了，这个行业你要做得强就很累啊。我以为她敷衍我，没认真回答，但是还有下半句。

"可是，其实不强更累啊。"

后来的很多个时刻，我都深深感受着这句话的力量。

毕业季，大家都说找工作难，可是总有那些大神们，手里握着一把的 offer，挑挑拣拣，羡煞旁人。而我们却忘记了大神们的大学是怎么过的，大神们有漂亮的成绩单、出色的社会活动表现、500 强的实习经历。他们在拼命为这一切努力的时候，我们在一旁看着，撇撇嘴说，女生不要太强了，你看她们多累。

当她们轻松在一众 offer 里挑挑拣拣的时候，真正轮到我们累的时候到来了。跑了 N 场宣讲会，却连能去面试的机会都很难得到；从秋天到冬天再到春天，找了大半年工作，依然没有一个满意的 offer；即使有了 offer，我们又嫌起薪太低，上升空间有限。

不强，是不是更累？

而这仅仅是一个开始。从这个节点开始，我们做着味同嚼蜡的工作。想说不如还是随便混混吧，反正干多干少，工资都一样，要那么辛苦干吗。于是，我们再一次选择了 easy 模式，上班淘宝，下班收快递，就这么过了几年，居然也还不错。然后，等到五年分水岭到来的时候，我们望着再次出国深造的费用，望着直线上升的房价，望着手头上鸡肋般的工作，无力感是不是难以阻挡。

不强，是不是更累？

然后我们在父母的支持下买了房子，成了家，面对每个月必须要还的房贷，你还敢放弃手头上鸡肋般但却有着稳定收入的工作吗？

这是一个不强的恶性循环。不强，让我们只能抓住手上现有的，不敢冒险，不敢放弃；也让我们丧失了更多选择的机会，做着十年如一日简单、重复的工作。不要太强，过得真的就比较好一些吗？

2014年的时候，我在世界杯赛场上再次遇到了Paloma，在媒体中心里遇见六年没有见过也鲜有问候的故人，激动之心难表。她惊讶于，我也成了一名记者，并且在她的国家做了一名驻外记者。而我惊讶于，这个告诉我"可是，其实不强更累"的姑娘，已经成为了她所在电视台的当家花旦。

她不再需要坐在地上剪片子，不再需要做那些大牌记者做剩下的选题，不再需要对着自己不喜欢的体育项目，强颜欢笑。她在一个视足球为生命的国度里，成为了当家足球记者。

太强辛苦吗？其实答案是肯定的。一定辛苦。

最开始，她从为球队接机送机的记者做起，小个子的Paloma淹没在那些人高马大的男记者中。一点一点，她争取到了2008年北京奥运会的机会，她成为了报道团唯一的女记者。再后来，万众瞩目的世界杯，她是当家一姐，全程有最好的机位、最热的话题、最优先的连线时间。她可以选择她想做的内容，拍她想拍的故事，做她想做的采访。

强大，意味着你在一个团队里有优先的选择权，在职业生涯里，你可以尽可能地走那些有效的路。那些暂时看上去不累的工作，到最后失去的却是最重要的——选择的权力。

曾经有一个小女孩问我，觉得什么样的人生最好。我仔细想过以后，成为了我一直到现在的答案。

我觉得自由最重要。我想要一个自由自在的人生，不是要随时随地可以出去旅游，不是要上班不受领导约束，而是在每一个我想要改变，想要尝试一种不同的生活，想要再往前走一步的时候，我永远都有选择的权力和能力。

而这一切的前提，是且只能是让自己变得强大起来，即使这样做很累。

你愿不愿意从头再来？

文·孙晴悦

明明不喜欢自己的本科专业，考研的时候，为什么没有换一个专业？明明不喜欢自己待的城市，找工作的时候，为什么没有下决心去一个新的城市？明明嫌自己手上的工作内容重复、生活单调，为什么不愿意尝试换一个新的工作？

可是，我本科专业直接考研究生比较容易被录取啊。可是，我大学就在这个城市读的，同学朋友熟人比较多啊。可是，换到一个新行业一切要重新开始，起薪和刚毕业的大学生一样哎。

我们面临一次又一次选择，我们一次又一次权衡，患得患失，请教师长，遵从内心，但结局总是相似的，我们在一次又一次的选择中，再挣扎，再较劲，终于都依然放弃了 Hard 模式，选择了 Easy 模式。

因为生活本身已经很难了，每一次都要选 Hard 模式，这不是和自己过不去吗？但每一次选了 Easy 模式的我们，真的就满意 Easy 模式给我们带来的结果吗,这真的都是我们想要的结果吗?所以,重新开始这事儿到底有多难?

去年刚回国的时候,和多年未见的隔壁宿舍 M 小姐吃饭。M 小姐毕业后在一家著名的车企做品牌公关,在这一行倒也是坚持做了很多年。反正我见到她的时候,我才醒悟到,自己在国外漂了太久,穿衣打扮已经不讲究了很多年,牛仔裤 T 恤加跑步鞋,出差能直接坐在地上编片子。看到她,我觉得国内姑娘们咋都这么精致,这么美!

那次和她吃饭,她告诉我,她已经辞职了,要去美国读 MBA。轻描淡写。我只有惊叹:"你怎么这么有勇气?之前的积累,快要得到的 manager 的位置,统统都不要了?"她说,自己只是想要换个环境,重新开始。

当时,听过也就过去了。回家后,我翻看了 M 小姐的朋友圈。

"经历了半年多的折磨,今天终于逃离了 GMAT(经企管理研究生入学考试)。这中间经历了换工作、成绩下滑、疯狂加班、没有任何周末等各种故事,还好信念支撑了我走下去。"

"虽然现在把自己加班到晚上 10 点然后早上 5 点起床做复习题这段说出来显得很牛,但这个过程是所有想向上成长的人都要经历的磨难。但是，距离终点也越来越近了。"

"在刚刚过去的8小时里做了下面这些事：下班回家，完成两个学校的网申，洗澡，睡觉，修改PPT和网申。"这条朋友圈，发于凌晨5：32。

这就是答案吧。

重新开始这事儿究竟有多难？漂亮的话，谁都可以告诉你。一切都只是在于我们是否有重新开始的勇气。那么，究竟什么才是重新开始的勇气呢？当我看了M小姐为去读MBA而付出的努力时，当重新开始的勇气被赤裸裸地量化，而不再是句漂亮话时，我想这就是答案吧。

我们愿意花时间、心力，还有钱吗？尤其是当这一切花了时间、心力和钱之后的结局并不确定。我们害怕重新开始，是因为我们懒得付出，我们怕付出没有回报，所以躲在自己安逸的小角落里，美名曰我们在权衡利弊。可是这个世界上，谁能保证你付出一定会有回报。但是另一件事却是确定的：你不付出，这个世界一定保证你没有回报。

又想起一个同事的故事。一个八八年的男生，勤勤恳恳做了五年编辑记者，然后一瞬间，他跳槽去了四大会计师事务所中的一家。当我们都惊呼,一个编辑记者如何华丽转身、能投身会计师事务所做审计时,他告诉我们,是因为在过去的两年里,他读出了一个金融的硕士。

所以,我们看到的只是他很少参加我们晚上的饭局,我们看到的只是他突然就华丽转身去到了一个新的行业。我们不知道的是,那些他没有出现的饭局,他都在默默地上学写作业考试。

其实,很多时刻,我们都想要从头来过,说明我们并不满意现状,并不满意如今的 Easy 模式,或者是在 Easy 模式里待的时间太长了,没有进步,不知道前路应该往哪里走。而大部分的我们为什么没有从 Easy 模式里走出来? 答案其实很残酷。我们没勇气跨专业考研等等这一切,我们只是不愿意承认。原因真的再简单不过了,很多时候,我们只是不想努力,不想付出而已。

借口都特别好找,我都快三十了,我不再年轻了,我再去读个书回来怎么样谁知道;互联网行业竞争太激烈了,还是让 90 后去厮杀吧;还有房贷要还、媳妇要娶,还是别换工作了吧;算了,嫁个好老公比啥都重要。这些也许都是实实在在的理由。

但是我更愿意相信,在我们做出选择、不去改变的那一刻,我们只是害怕辛苦而已。我们懒,我们害怕辛苦,我们不愿意付出。

所以我们注定就这样，永远都给自己找借口，永远都在羡慕别人，永远也不会重新来过。

可是，亲爱的你，下一次，当你再想要问问自己，是否愿意付出时间和心力来做出一点改变的时候。我们一起说，我愿意，好不好？

你真正想做的事，
只要开始了就不会晚

文 · 小木头

跟朋友们吃饭聊天，谈起在做和想做的事。我的计划是，好好赚钱，然后安心写字。Zhaozhao 吃吃笑着说："我的想法跟你恰好相反，我想好好学中医，多听一些课程，多做一些实践。"

我们很开心的是，每个人都有自己想做的事，朝着自己喜欢的方向走去。在这样的时刻，更加清晰地感受到：你想做的事情，不管什么时候开始，都不嫌晚。

真的。

两三年前，Zhaozhao 刚开始迷中医的时候，我也觉得匪夷所思：这个比我大十多岁的女同学，半路出家学中医，是不是也太奇怪了？常规一点的思路，难道不应该是后悔连天吗？"哎呀，太可惜了，我居然没有在大学时学中医！"而且，改行这件事，不是应该发生在年轻时吗？都人到中年了，应该进入一个平和稳定的状态了，还折腾什么呢？

当时她淡然地说，目前自己只是中医粉丝，非常喜欢，所以要开始学习；至于其他，并没有想太多太远，而是要一边学习，一边思考，不正好吗？

好多事情，因为我们想太多，想太远，反而就止步不前。

这几年，她一边组织中医学习沙龙，一边去参加各种课程学习。她的热情和行动，给我很多鼓舞。

想要做一件事，永远都不要怕晚。只要你开始做了，就不晚。而若是你不开始，仅仅停留在思考、犹豫甚至焦虑的状态，那就永远都是零。

24岁那年，我妹妹安吉开始学跳舞。当时，她大学毕业，在一间大学里工作，而且也结婚了。所以听说她要学跳舞，我自然是惊讶的。

听说跳舞是童子功，还来得及吗，骨头都硬了，身体还能柔软地伸展吗；一个女孩子，都工作结婚了，好好地工作、生活，以后要生孩子、照顾家庭，跳舞这种事也太异想天开了吧……这些疑问应该不止我一个人提出的。

她简单跟我解释过，自己学习的是肚皮舞，不需要童子功，只要基础学扎实就可以；她小时候就喜欢跳舞，但那时没有环境和条件，现在有了，把这作为一个兴趣，不是挺好的吗；跳舞可以锻炼身体，延展身心，还能扩大社交圈，她认识了一帮兴趣相投的好朋友，非常开心。

没想到，她就真的跳了十年。这些年里，她从初学到精进，从一个普通的舞者到教练，参加过大小的舞蹈比赛斩获很多奖项，开了舞蹈工作室……听起来像天方夜谭，但这些的确都风轻云淡地发生在我们的生活里。

她还在大学工作，生了可爱的小 baby，除此之外，她还学习瑜伽，带着爱美女生减肥，还带着孩子们学习少儿英语（她是英语专业八级）……这么想一想，这个小时候好吃懒做的小胖妞，还真是挺让人钦佩的。

她刚开始做舞蹈工作室的时候，父母是略有担忧的。要知道，当时肚皮舞已经开始流行，她做得当然不算早，行吗？她说："虽然我做的不算是最早的，但是我能做好。"

答案已经显而易见。

这是个非常奇怪的现象，当你打算做一件你喜欢甚至想了很久的事情时，总会有人告诉你："你来不及了，已经晚了……"

20岁时，你想要开始学习一项运动，有人说："晚了，你的骨骼已经发育完毕了，你现在来不及了。"可是，我在滑冰场里，看到头发花白的阿姨穿着冰鞋跌跌撞撞地穿梭在年轻人中，感觉帅极了！

30岁的人，说她要开始学写东西，又不无担忧："还来得及吗，是不是晚了？"我相信写作是不分年龄的一件事，只要你想，60岁拿起笔开始写都没问题。关键是，你得开始。哪怕是写日记，都算是进步，对吗？

嗨，想想76岁才拿起画笔的摩西奶奶，80岁举办画展这件事，是不是很酷？我觉得是。她说，人生永远没有太晚的开始。

你做什么都有人说晚了，于是你就不做了？

你高二时发现成绩不够好，可能上不了重点大学，你觉得晚了，所以自暴自弃，最终连一所普通本科都没去成。而我有一个初中同学，调皮捣蛋得令老师们头疼，成绩也非常一般，到初三下半年他开了窍一样拼命学习，居然在众人的目瞪口呆中考上了重点高中！

你大学时发现自己选错了专业，可是已经来不及了，于是就浑浑噩噩，在游戏里浪费着青春，挨到毕业，勉强找一份工作，没过多久发现自己再次错过了改变人生的机会——啊,又晚了!

你在一段感情里发现了一些问题,如鲠在喉,非常难受,可是你们已经谈婚论嫁,来不及再去沟通、梳理了吧?于是就假装什么都没发生,一直拖到婚姻里,拖到有一天图穷匕见,自食恶果。

…………

励志的故事有很多。但你若认真去看,抛去那些炫目的光环,那大多都是一个普通人在用自己的坚持、努力和认真,写就整个传奇。

你想做的事情,只要开始了就不会晚,真的。

你想要做的改变,只要开始了,就会往好的方向走。

你原本就在自己心不甘情不愿的境地,往前走一步,都是离它远一点,这难道不好吗?

读书能让人富裕，
但不一定能变得有钱

文·李尚龙

我曾经问过一个朋友，他叫 Mic，他是我的美国朋友中最手不释卷的，走在路上，经常手里会拿上一本书。有一次我问他："为什么你读了这么多书，还是这么穷？"

他说："我不穷啊，只是没有钱而已。"

接着我问："你没钱不就是穷吗？"

他说："我不觉得人活着一定是为了赚钱，钱够花就行。读书是为了让自己充实，充实就是富裕，富裕可以没钱，因为富裕是精神上的。要赚钱就去从商啊，读书就好好读书咯。"

我的朋友 A 是一个电影制片人，他的商业头脑惊人，收入非常可观。一次和他吃饭，偶然问到了他的发家手段。他说："几年前，我听说房价要涨，我立刻买了三套别墅，那时候我借了一屁股外债。后来，果然房价暴增，我卖了一套别墅，用那些钱投资了一家电影投资公司,第一部电影赚了一千多万。接着我就不停地开始投资电影,钱也越赚越多。"

我特别羡慕地看着他,说:"可是你懂电影吗?"

他说:"我又不像你学这个的,当然不懂。"

我说:"那你懂什么啊?"

他笑了笑,说:"我懂市场啊。"

他的话在我耳边不停地回荡,我明白了读书和暴富没什么关系。赚钱的道理很简单,两元钱买了的东西,五元钱卖出去,重复地做,想办法地做,就可以了。读书只能增加自己的见识和文化积淀,是不能让你暴富的,但至少能让你拥有一个体面的生活和一份得体的收入。

我算是一个合格的读书人,喜欢读书、写字。在写剧本的时候,经常是深夜。有时候在第 N 次改动中,我会想到,这一个故事,结合了自己看过的多少书:历史、政治、文化、科技、心理……终于才创作完成。可是,一个好的剧本创作出来后,依旧和"富裕"二字没有什么关系。直到制片方走来,他们只是说:"三万买你这个剧本,你卖吗?"

我最多会讨价还价一下:"你看我写得这么痛苦,要不三万五?"

制片方说:"成交。"

随后,这个剧本和我没什么关系了。

接下来,制片方组织团队制作、融资、拉广告、卖票、利滚利,花出去三万多,挣回来的却是千万。真正赚到钱的,是那些会做生意的人、会搞关系的人、会整合资源的人,而不是我们这些会读书的人。

记得当老师时,有一个我很敬佩的老师在课上说了一句话,他说:"我一个月如果努力上课,大概可以赚到两万。你们以为很多对吗?可我们家楼下卖麻辣烫的那个人,一个月赚得比我多。那你问为什么我不能去卖麻辣烫呢?因为我是读书人。"

注意,我没有强调读书人是多么的优越,而恰恰这是我今天要分享的主题:职业无高低。所有喜欢读书的人想必都喜欢安静地思考,都喜欢夜晚发呆,都喜欢安静的时候对自己发问:我想要什么生活?他们都是一些有学问的人。有时候,钱多了,对一个读书人来说不算是太好的事情,因为钱所需要牵扯的时间似乎更多,一天就那么24个小时,他们也没有什么时间去做自己喜欢的事情。

我经常和朋友开一个玩笑，我说："我不喜欢钱，但是我爱钱。喜欢就是放肆，但爱是克制。"我说如果看书、写作能让我赚一百多万，那么我觉得很好。可是如果赚不到，我也不会伤心难过，毕竟现在的收入也能让我在这样的城市里勉强糊口。但如果让我赚一百多万的代价是没有了读书、写作的安静，没有了陪亲人的日子，没有了独处的时光，那么我想，这个钱，我还是不要去赚了。职业没有贵贱，你想要做学问，就应该去读书。可是有时候我们过多地强调了"书中自有黄金屋"，过多地强调了读书是为了成功，而我们的成功标准其实很单一：赚多多的钱。于是才会有那么多人，读书读得很痛苦。

关于职业，其实没有贵贱。不能说做学问就一定比从商优越，也不能按照赚钱的多少来排名。对我自己来说，我还是喜欢多读一些书，只是为了让自己能安静下来，即使以后可能会成为没钱的人，我还是不愿意用钱去换幸福。但是，我身边有很多人，边读书边感叹为什么书中没有黄金屋。要读书做学问，就不会暴富。你要看看，这样的生活你是否喜欢，这样的选择你是否满足，弄明白自己要的，才能知道读书对自己是否有用。